Nachhaltigkeit liegt uns am Herzen.

**Hergestellt in Deutschland**
**Gedruckt auf FSC®-Papier**
**Lösungsmittelfreier Klebstoff**
**Drucklack auf Wasserbasis**

Natürlich
magellan

W0401580

Christiane Rittershausen

# MARI

Mädchen aus dem Meer

Das Schildkröten-Orakel

magellan

UNVERKÄUFLICHES

LESEEXEMPLAR

*Für Magnus*

Christiane Rittershausen

# MARI

## Mädchen aus dem Meer

## Das Schildkröten-Orakel

Mit Illustrationen von Nina Dulleck

magellan

# Inhalt

# Prolog

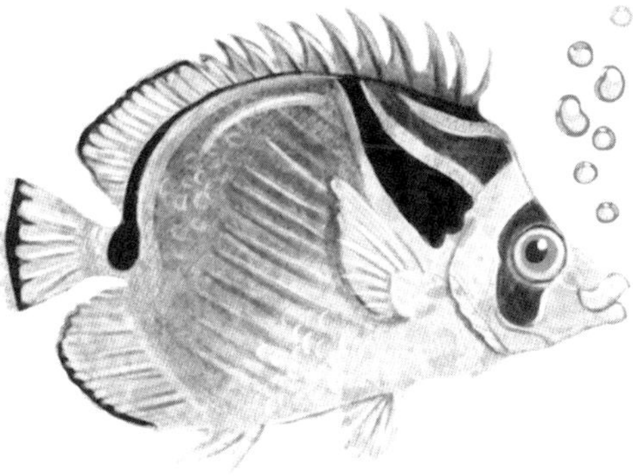

Besucher waren in Einöd am Meer keine Seltenheit, aber so etwas wie diese beiden hatte das Dreitausend-Einwohner-Städtchen noch nie gesehen.

Leuchtturmwärter Harald Katzbuckel traute seinen Augen nicht, als er die beiden dunklen Gestalten erblickte, die das nächtliche Meer soeben ausgespuckt hatte. Eine große und eine kleine schlurften über den Strand, triefnass und im fahlen Mondlicht nur schemenhaft zu erkennen. Weit und breit gab es keine Spur von einem Boot. Sie schienen direkt den Wellen entstiegen zu sein. Lag es an seiner Kurzsichtigkeit oder daran, dass er beim Schafkopfspielen mal wieder zu tief ins Glas geschaut hatte?

In Einöd am Meer gab es für einen Leuchtturmwärter nicht besonders viel zu tun. Die paar Male, die im vergangenen Monat ein Schiff auch nur in die Nähe der Küste gekommen war, konnte er an einer Hand abzählen. Und so vertrieb er sich die meiste Zeit damit, die aussortierten Klatschzeitschriften zu lesen, die ihm Frau Käsebrock aus ihrem Kiosk mitbrachte. Nie hätte er zugegeben, dass sie inzwischen der aufregendste Teil seiner Arbeit als Leuchtturmwärter waren.

Eigentlich war es für ihn längst an der Zeit, in den Ruhestand zu gehen, schließlich war er schon vierundsiebzig. Nur leider gab es niemanden, der seinen Job übernehmen wollte. Zu langweilig.

Und so bezog Harald jeden Abend kurz vor Sonnenuntergang seinen Posten, wie er das die letzten vierzig Jahre getan hatte.

Heute aber war etwas anders als sonst. An diesen einsamen Teil des Strandes verirrte sich normalerweise kein Tourist. Nicht einmal, um den Leuchtturm zu besichtigen. Früher hatte Harald manchmal Führungen veranstaltet, aber seit sie im Ortszentrum das interaktive und hochmoderne »Atlantis-Museum« gebaut hatten, empfing er nur noch selten Besucher.

Harald ging hinüber zu seinem Fernrohr, um die beiden Personen genauer in Augenschein zu nehmen. Er richtete die Linse auf sie und stellte scharf. Im ersten Moment glaubte er, sich alles nur eingebildet zu haben. Niemand war zu sehen.

Doch dann nahm er im Augenwinkel eine Bewegung wahr.

Er schwenkte das Fernrohr ein wenig nach rechts, und dort waren sie, direkt vor seiner Linse. Ein Mann und ein Kind, ein Mädchen vielleicht. So genau konnte er das nicht erkennen. Beide waren über und über mit Seetang behangen und hinterließen feuchte Spuren im Sand.

Harald kratzte sich am Kopf. Wo waren die beiden hergekommen? Um diese Uhrzeit war es viel zu spät für einen Tauchausflug, und sie hatten auch keine Ausrüstung dabei, nur zwei große Koffer. Das war wirklich mehr als merkwürdig.

Die beiden unterhielten sich aufgeregt, beinahe so, als hätten sie Streit. Zu gerne hätte Harald gehört, was sie sagten, aber sie waren viel zu weit weg.

Nun hatten sie den kleinen Trampelpfad erreicht, der in Richtung Dorf führte. Was hatten sie vor?

Harald zögerte einen Moment. In vierzig Jahren hatte er noch nie einfach so seinen Posten verlassen. Andererseits war die Wahrscheinlichkeit, dass in der Zwischenzeit etwas passierte, das aufregender war als die zwei Neuankömmlinge, äußerst gering. Und so entschied sich Harald, die Verfolgung aufzunehmen. Womöglich waren das Verbrecher, die etwas Finsteres im Schilde führten! Zum Beispiel, ins Museum einbrechen. Dann würde er natürlich sofort die Polizei verständigen. Vielleicht würde sogar das Einöder Käseblatt darüber berichten, weil er den kleinen Touristenort vor einem heimtückischen Diebstahl bewahrt hatte. Mit Foto, das würde ihm gefallen.

Entschlossen schnappte sich Harald den Schlüsselbund und knöpfte seine viel zu enge, rot geringelte Strickjacke zu, bevor er die Wendeltreppe bis zum Fuße des Leuchtturms hinunterstieg.

Eine steife Brise blies ihm um die Ohren, während er die Böschung erklomm, und er merkte, dass er bereits außer Puste geriet. Er sollte wirklich weniger Chips essen. Die Sorte mit extra viel Zwiebeln hatte es ihm angetan.

Glücklicherweise waren auch die beiden Fremden nicht besonders schnell, da sie viel zu sehr damit beschäftigt waren, sich zu streiten.

Obwohl der Weg unbeleuchtet war und die dünne Mondsichel nur schwaches Licht spendete, liefen sie zielstrebig in Richtung Straße. Harald folgte ihnen in sicherem Abstand. Er konnte nur Bruchstücke ihrer Unterhaltung verstehen.

»… meine Sache … kriege das schon alleine hin …«, sagte das Mädchen, das sichtlich aufgebracht war.

Der Mann versuchte, sie zu beschwichtigen. »… warten … für den Fall, dass etwas Unvorhergesehenes …«

»Bla, bla, bla!« Das Mädchen hob die Stimme. »Ich brauche keinen Babysitter, das habe ich meinem Vater schon lang und breit erklärt!«

»Schschsch!« Der Mann fing an, heftig zu gestikulieren, um ihr zu bedeuten, leise zu sein. Es sah ein wenig lächerlich aus, und ihm fiel dabei beinahe sein Koffer aus der Hand.

Die Fremden hatten inzwischen die Straße erreicht und waren vor einem Haus stehen geblieben. Es war das einzige Gebäude weit und breit und einer dieser modernen Neubauten, die Harald nicht mochte, weil sie mit dem ursprünglichen Charme von Einöd so gar nichts mehr gemeinsam hatten. Ein berühmter Architekt hatte es vor ein paar Jahren gebaut, aber es stand schon seit einiger Zeit leer.

Die beiden hatten ihre Koffer abgesetzt und flüsterten aufgeregt miteinander.

Leider konnte Harald nun überhaupt nichts mehr verstehen. Er verbarg sich hinter einem piksigen Rosenbusch und hielt den Atem an.

Nach einer Weile zuckte das Mädchen mit den Schultern und ließ den Kopf hängen. Sie blieb stehen, während der Mann auf das Gebäude zuging. Ohne zu zögern und ohne irgendwelche Hilfsmittel, kletterte er die glatte Fassade empor.

Haralds Augen wurden groß. Wie war das möglich?!

Hatte der Kerl eben noch etwas linkisch gewirkt, so war davon jetzt nichts mehr zu merken. In Windeseile hatte er den Balkon erreicht und verschwand im Innern des Hauses.

Das Mädchen stieß einen frustrierten Seufzer aus und wandte sich um.

»Das ist ja wieder mal typisch«, murmelte sie. »Mein Vater glaubt, er kann einfach alles kontrollieren. Ich werde ihm schon noch zeigen, wer hier die Hosen anhat. Stimmt's, Günther?«

Eine kleine, kratzige Stimme antwortete etwas, das Harald nicht verstand. Mit wem redete das Mädchen da? Der Mann war nirgends mehr zu sehen.

»Bist du dir sicher?«, fragte das Mädchen und blickte jetzt genau in Haralds Richtung. Sie trug eine viel zu große Jacke und hatte die Kapuze tief ins Gesicht gezogen.

Konnte sie sein Versteck sehen? Harald trat vorsichtshalber einen Schritt zurück. *KNACK!* Ein dünner Zweig zerbrach unter seinen Füßen.

Verflucht! Er hoffte inständig, dass das Mädchen ihn nicht gehört hatte.

Sie hatte. »Wer ist da?«, zischte sie.

Und bevor Harald reagieren konnte, kam sie genau in seine Richtung gelaufen. Außer dem Rosenbusch gab es nichts, wo er sich hätte verstecken können. Harald riss sich zusammen. Sie war schließlich nur ein Kind. Was sollte sie ihm schon tun?

Entschlossen trat er hinter dem Busch hervor. »He, was macht ihr da?«, rief er mit fester Stimme. »Ich habe genau gesehen, wie dein Vater in das Haus eingestiegen ist.«

Das Mädchen blieb stehen und nahm die Kapuze ab. Darunter kamen strähnige weißblonde Haare zum Vorschein. Sie war klein und schmal und wirkte beinahe zerbrechlich. Harald schätzte sie auf allerhöchstens zwölf Jahre. Sie war immer noch völlig durchnässt.

Das Mädchen antwortete nicht. Stattdessen ging sie langsam auf Harald zu. Ihre rechte Hand war in ihrer Jackentasche verborgen.

Mit einem Mal wurde Harald von Panik ergriffen, und Eiseskälte stieg in ihm auf. Hatte sie etwa eine Waffe? Diesen Kindern von heute war alles zuzutrauen. Sie spielten den ganzen Tag Ballerspiele oder schauten gewaltverherrlichende Videos im Internet. Was, wenn sie kurzen Prozess mit ihm machte? Er würde seine Enkel nie wiedersehen!

»B… bitte tu mir nichts«, stammelte Harald. »I… ich hab eigentlich g… gar n… nichts gesehen.«

»Tut mir echt leid«, murmelte das Mädchen, und in ihrem Gesicht spiegelte sich ehrliches Bedauern. Dann schoss ihr Arm blitzschnell nach vorne, und Harald spürte einen Schmerz am Hals, als ob sich tausend Nadeln durch seine Haut bohrten und in seinem ganzen Körper verteilten. Harald öffnete den Mund, aber es kam kein Ton heraus.

Kurz bevor er das Bewusstsein verlor, blickte er in die Augen des Mädchens. Sie waren von einer unwirklichen, leuchtend türkisgrünen Farbe. Tief und unergründlich wie das Meer.

# Blutsauger und sprechende Schildkröten

Wahrscheinlich hätte Fritz das Vampirbuch nicht lesen sollen. Es war gerade besonders spannend gewesen, als seine Mutter ihn ins Bett geschickt hatte. Nun lag er schon seit einer Stunde wach und grübelte, wie die Geschichte weitergehen würde. Mit der Taschenlampe unter der Bettdecke weiterzulesen, war keine gute Idee. Wenn Mama ihn dabei erwischte, würde es richtig Ärger geben.

»Ich wünschte, deine Lesebegeisterung würde sich in deiner Deutschnote widerspiegeln«, sagte sie oft.

Wenn Fritz eins nicht mochte, dann war es dieser leicht vorwurfsvolle Unterton. Mit Lena war sie nicht so streng. Dass seine Zwillingsschwester nur Einsen schrieb, verschaffte ihr oft Vorteile bei Mama und Papa – besonders wenn es darum ging, länger wach bleiben zu dürfen. Dabei war Fritz fünf Minuten älter als sie! Was konnte er denn dafür, dass seine Deutschlehrerin seine Aufsätze »zu blumig« und »nicht sachlich genug« fand? Was sollte das überhaupt heißen? Er hatte eben viel Fantasie. Und zumindest Hildegard schienen die Aufsätze zu gefallen, wenn er sie ihr vorlas. Seine Schwester machte sich immer darüber lustig, dass Fritz mit einer Wasserschildkröte redete. Aber er hatte wirklich den Eindruck, dass Hildegard ihm zuhörte und ihn verstand – auch wenn er nie eine Antwort bekam.

Ein hohes Summen dicht an seinem rechten Ohr riss Fritz aus seinen Gedanken. Wie von der Tarantel gestochen, fuhr er hoch. Eine Mücke! Fritz hasste Mücken. Die kleinen Blutsauger attackierten ihn vorzugsweise dann, wenn er gerade am Einschlafen war. Und hier in Einöd gab es sie leider wie den Sand am Meer.

Fritz machte Licht und schnappte sich einen seiner peinlichen hellblauen Krümelmonster-Hausschuhe. Jetzt musste er nur noch die Mücke finden. Die Tür zu Lenas Zimmer war nur angelehnt, und dahinter hörte er das gleichmäßige Schnarchen seiner Schwester. Sie hatte wie immer das Schild vorgehängt:

**Nicht stören,<br>das Genie denkt.**

Schade, dass ihr Denken die Mückenlaute überdröhnte.

Fritz' Blick glitt über die Bücherregale, die sich unter dicken Wälzern über Fische und Ozeane bogen, hinüber zu seiner Lego-Tauchstation und zum Aquarium, das sein ganzer Stolz war. Hildegard lag auf einem Stein und hatte den Kopf tief in ihren Panzer gezogen. Es sah aus, als würden in diesem Haus alle außer Fritz Schlaf finden.

Da entdeckte er den kleinen Blutsauger an der Wand neben seinem Bett. Fritz pirschte sich an, holte aus und klatschte den Pantoffel mit Karacho gegen die Wand. Volltreffer! Die Mücke war platt wie eine Flunder, und ein kleiner Blutspritzer prangte neben ihr auf der Raufasertapete.

Erleichtert ließ Fritz den Pantoffel sinken und löschte das Licht. Jetzt würde er hoffentlich endlich einschlafen können. Wenn er morgen mit Ringen unter den Augen zur ersten Stunde erschien, würde Herr Kottel ihn garantiert zum Vorrechnen an die Tafel holen. Unausgeschlafene Schüler zu quälen, gehörte zu seinen Lieblingshobbys.

Fritz kuschelte sich in seine Decke und drehte sich auf die Seite. Aber irgendetwas stimmte nicht. Ein schwacher Lichtschein drang zu ihm herüber. Hatte er mit seiner Mückenjagd Lena geweckt?

Als er den Kopf hob, sah er, dass das Licht im Aquarium angegangen war und einen grünlichen Schimmer auf den Parkettboden warf. Komisch! Die Zeitschaltuhr war eigentlich so programmiert, dass das Licht pünktlich um acht ausging. Schließlich brauchte Hildegard ihren Schönheitsschlaf.

Fritz seufzte und schälte sich erneut aus dem Bett.

Er trat ans Aquarium und bemerkte sofort, dass etwas anders war als sonst. Der Schalter für die Beleuchtung war auf »OFF«, und dennoch ging von dem Aquarium ein türkisgrünes Leuchten aus. Es war fast unwirklich, irgendwie … magisch. So als ob das Wasser selbst leuchtete.

Fritz rieb sich die Augen. Wo war Hildegard? Der Stein, auf dem sie vorhin noch gesessen hatte, war leer. Auch im Wasser konnte er sie nicht entdecken.

»He, Fritz!«, sagte in diesem Moment eine heisere Stimme.

Fritz fuhr herum, aber da war niemand.

»Nein, Dösbaddel. Ich bin hier!«

Die Stimme kam eindeutig aus Richtung des Aquariums. Er kratzte sich nachdenklich am Kopf.

»Hier!«, zischte die Stimme nochmals, jetzt eindringlicher. »Hier drin!«

Fritz' Blick fiel auf die dichten Pflanzen im hinteren Teil des Aquariums. Hinter einer von ihnen lugte ein gestreifter Schildkrötenkopf mit dunklen Knopfaugen hervor.

»Hildegard, da bist du ja!«

»Genau, du Schnellmerker. Ich muss mit dir reden, wir haben nicht ewig Zeit!«

Fritz fiel die Kinnlade herunter. »Ha… hast du gerade gesprochen?«

»Was denkst du denn? Soll ich vielleicht trommeln oder Rauchzeichen machen?« Die Schildkröte schnaubte, während sie ihren schimmernden Panzer schwerfällig über den Sandboden hievte.

Fritz konnte nicht fassen, was er da gerade sah und hörte. Aber es war eindeutig Hildegard, seine Wasserschildkröte, die da mit ihm redete. Er hatte sie vor drei Jahren zu seinem achten Geburtstag geschenkt bekommen, weil sein Vater ihm partout keine Piranhas kaufen wollte. Und sie war so etwas wie Fritz' beste Freundin geworden. Wenn auch eine stumme. Bis jetzt.

»Ich träume bestimmt«, murmelte Fritz und schüttelte den Kopf.

»Wenn du mir nicht glaubst, dann kneif dich doch mal«, schlug die Schildkröte vor.

Sie hockte jetzt vor der Glasscheibe und sah ihm direkt in die Augen.

Fritz zwickte sich fest in den Arm. »AUA!« Das würde garantiert einen blauen Fleck geben.

»D… du bi… bist echt …«, stammelte er.

»Hab ich doch gesagt!«

Fritz hätte schwören können, dass die Schildkröte ihm die Zunge herausstreckte.

»Aber –«

»Können wir jetzt vielleicht mal zum Punkt kommen?«, unterbrach ihn die Schildkröte genervt.

Fritz warf vorsichtig einen Blick auf Lenas angelehnte Zimmertür. Nichts rührte sich.

»Na gut, dann schieß los«, flüsterte er und beugte sich vor, bis sein Atem die Scheibe beschlug.

»Wenn mich nicht alles täuscht, wird in Einöd bald etwas Aufregendes passieren«, begann Hildegard.

»Etwas Aufregendes in Einöd am Meer? Du machst Witze«, sagte Fritz, der sich wieder ein wenig gefangen hatte.

»Jetzt lass mich doch mal ausreden«, zischte Hildegard. »Ich spüre ganz deutlich, dass das Reich unter dem Meer in großer Gefahr ist. Die Prinzessin konnte in Sicherheit gebracht werden und wird sich hier, in Einöd am Meer, versteckt halten. Aber sie benötigt Hilfe.«

»Jetzt fang du nicht auch noch mit diesem Atlantis-Quatsch an!« Fritz verdrehte die Augen. Das Kaff, in dem er mit seiner Familie lebte, machte seinem Namen alle Ehre: Es lag am Meer, aber damit hatte es sich auch schon. Hier gab es einfach nichts als Einöde. Kein Kino, kein Einkaufszentrum, keine Sehenswürdigkeiten. Angeblich hatte vor dreihundert Jahren mal ein berühmter

König mit seinem Gefolge hier haltgemacht, um zu pinkeln. Und das klitzekleine Eiscafé der schrulligen Frau Käsebrock rühmte sich, die einzige Eisdiele der Welt zu sein, in der es Sorten wie Spinat-Knoblauch und Meeresschnecke gab. Vermutlich verdiente der dazugehörige Kiosk darum sein meistes Geld mit Kotztüten. Das war eigentlich so ziemlich alles, was es zu Einöd zu sagen gab.

Doch dann, vor ein paar Jahren, hatte der neue Bürgermeister Herr Hasenknopf das Gerücht aufgebracht, dass wenige Kilometer vor der Küste das sagenumwobene Atlantis versunken war. Das war natürlich kompletter Unfug, doch der verbreitet sich bekanntermaßen am schnellsten, und so kam es, dass es in Einöd am Meer im Sommer auf einmal nur so vor Touristen wimmelte. Sie überfielen das Dorf geradezu auf der Jagd nach einem Stück vom Mythos dieser untergegangenen Stadt. Herr Hasenknopf, der früher irgendwas mit Werbung gemacht hatte, freute sich diebisch, dass sein Plan funktioniert hatte, und bei der nächsten Wahl gab es nur zwei Stimmen für den Gegenkandidaten.

»Ohne die Touristen hätten wir uns dieses Haus nicht leisten können, und ihr müsstet euch ein Zimmer teilen«, sagte Papa immer, wenn Lena oder Fritz sich beschwerten, dass selbst das Meeresschnecken-Eis von Frau Käsebrock ausverkauft war und es nicht einmal mehr Stehplätze am Strand gab. Ein Zimmer zu zweit wäre zwar die Hölle auf Erden, aber trotzdem war Atlantis für Fritz und Lena ein rotes Tuch – da waren sich die Geschwister ausnahmsweise einig.

»Ich rede doch nicht von Atlantis, du Depp!« Bevor Fritz sich über die Beleidigung beschweren konnte, fuhr Hildegard fort: »Aber es stimmt, dass es in der Nähe von Einöd eine Unterwasserstadt gibt. Ich muss es wissen, denn ich komme von dort.« Die Schildkröte hob würdevoll den Kopf. »Hundertfünfzig Jahre lang lebte ich dort, bevor ich gefangen und in dieses langweilige Kästchen gesperrt wurde. Nur mal so nebenbei, denkst du eigentlich, es macht mir Spaß, den ganzen Tag hier herumzuliegen oder in dieser Pfütze zu planschen? Zumindest ein Whirlpool wäre schon nett gewesen.« Sie wies mit dem Kopf auf das Wasser, das noch immer türkisgrün schimmerte.

»Aber ich hab mir mit dem Aquarium echt Mühe gegeben«, protestierte Fritz.

»Egal jetzt. Wie ich bereits sagte, die Prinzessin hält sich hier in Einöd auf. Sie muss um jeden Preis unerkannt bleiben und sie braucht dringend Hilfe. Da ich nun mal in diesem Aquarium lebe und meine Möglichkeiten begrenzt sind, müsst ihr Landbewohner das übernehmen. Du und Lena, denn zwei sind besser als einer. Du musst gleich morgen mit ihr reden.«

Fritz tippte sich an die Stirn. »Lena wird mich für verrückt erklären. Und dann wird sie mir einen Vortrag darüber halten, dass der Atlantis-Mythos frei erfunden ist. Mit wissenschaftlichen Belegen und allem.«

»Wie oft denn noch, es geht nicht um Atlantis, Fritz! Unsere Zeit ist fast um. Du musst mir versprechen, dass du der Prinzessin helfen wirst.« Die schwarzen Äuglein der Schildkröte blickten ihn eindringlich an.

»Ja okay. Ich verspreche es dir. Aber … wie denn? Und wie erkenne ich sie überhaupt, wenn sie doch unerkannt bleiben will?«

Hildegard seufzte. »Du wirst es wissen, wenn du sie siehst. Mehr kann ich dir im Moment nicht sagen. Viel Glück!«

Sie drehte sich um.

»Warte!«

Aber Hildegard antwortete nicht mehr. Sie hatte sich wieder auf ihrem Stein niedergelassen und ganz in ihren Panzer verkrochen. Nur die Spitzen ihrer Krallen waren noch zu sehen.

Verwirrt starrte Fritz erst seine Schildkröte und dann das grünliche Wasser des Aquariums an. Das Leuchten wurde allmählich schwächer, und kurz darauf war es wieder dunkel im Zimmer. Nebenan schnarchte Lena weiter vor sich hin. Alles war wie vorher. So als wäre nichts geschehen.

Fritz setzte sich auf sein Bett. Erst jetzt merkte er, wie

hundemüde er war. Ein Blick auf den Wecker verriet ihm, dass es bereits halb zwölf war. Fritz gähnte, dann legte er sich hin und zog sich die Bettdecke über den Kopf. Für heute wollte er nichts mehr von blutdürstigen Mücken oder sprechenden Schildkröten wissen.

»Wenn ich's dir doch sage, sie hat mit mir geredet!« Fritz beugte sich quer über den Tisch und griff nach der Cornflakes-Packung. Dabei stieß er beinahe seinen Kakao um.

»Sei nicht so gierig«, meinte Lena, die ihre Nase in ein Wissenschaftsmagazin gesteckt hatte und unbeeindruckt an ihrer Bio-Karotte knabberte. »Zu viele Kohlenhydrate sind eh nicht gut.«

»Jetzt hör mir doch mal zu«, sagte Fritz. »Hildegard –«

»Ich hab dich schon verstanden«, unterbrach ihn seine Zwillingsschwester. »Deine Schildkröte hat gestern Nacht mit dir gesprochen, schon klar. Sie kann außerdem hellsehen und hat dir erzählt, dass du eine holde Prinzessin aus einem fernen Königreich unter dem Meer retten musst. Sonst noch was?« Sie nahm einen Schluck Orangensaft und grinste.

»War ja klar, dass du mir nicht glauben würdest.« Fritz verschränkte die Arme. »Du glaubst nur das, was in deinen Büchern und Zeitschriften steht.«

Lena legte das Magazin beiseite und fuhr sich durch die kinnlangen blonden Haare. »Brüderchen, wenn es sprechende Schildkröten gäbe, wäre das eine wissenschaftliche Sensation. Bisher hat bloß noch niemand eine entdeckt. Ha! Du könntest der Erste sein! Warum präsentierst du deine Hildegard nicht der Öffentlichkeit? Fritz und sein Schildkröten-Orakel. Ihr werdet garantiert berühmt!«

»Du machst dich über mich lustig«, sagte Fritz gekränkt.

»Kinder, jetzt streitet euch nicht schon wieder«, sagte Mama, die gerade in die Küche kam. Sie hatte sich schillernde Muscheln in ihr rotblondes Haar geflochten und trug die meerblaue Uniform, die sie extra für die Angestellten des Souvenirladens entworfen hatte, den Papa und sie betrieben. Es gab dort alles, was kein Mensch brauchte. Atlantis-Schlüsselanhänger, Atlantis-Namenstassen, Atlantis-Klopapier. Sogar ein Atlantis-Staubsauger war im Sortiment. Der Renner dieser Saison waren allerdings Atlantis-Badekappen, da jetzt, Mitte Mai, bereits sommerliche Temperaturen herrschten. Ein kleiner Tempel und eine quietschende Meerjungfrau zierten diese ungewöhnliche Kopfbedeckung.

»Lena nimmt mich mal wieder überhaupt nicht ernst«, beklagte sich Fritz.

»Fritz kann Träume nicht von der Realität unterscheiden«, ätzte Lena.

»Ach, Kinder.« Mama seufzte tief. »Manchmal kann ich nicht glauben, dass ihr wirklich Zwillinge seid. Vertragt euch doch mal. Es ist so schönes Wetter, nach der Schule könnt ihr an den Strand gehen. Das würde ich auch machen, wenn ich nicht arbeiten müsste. Wenn ihr mögt, könnt ihr dann gleich die neuen Meerjungfrauenschwänze ausprobieren.«

»Genau, ich kann mir nichts Schöneres vorstellen, als mich in einen glitzernden Fischschwanz zu zwängen und zwischen lauter dicke krebsrote Touristen mit quengelnden Kindern zu quetschen«, murmelte Fritz.

»Hauptsache, du singst nicht auch noch«, meinte Lena trocken.

»Und Hauptsache, ich schlage mit meinem Schwanz im Wasser nicht einen der Möchtegern-Atlantis-Entdecker k. o.«, fügte Fritz hinzu.

Lena kicherte. Die Schnorchler, die mit ihren Gummibooten stundenlang auf dem Meer herumdümpelten und Ausschau nach der versunkenen Stadt hielten, sorgten regelmäßig für Erheiterung in der Familie.

»Schön, dass ihr wenigstens einmal einer Meinung seid.« Mama gab zuerst Fritz, dann Lena einen Kuss. »Macht's gut, ihr zwei. Es kann heute etwas später werden, weil ich Harald versprochen habe, noch ein paar Chipstüten vorbeizubringen. Der Arme liegt im Bett und redet wirres Zeug, vermutlich hat er mal wieder zu tief ins Schnapsglas geschaut. Falls ihr Hunger bekommt, es sind noch welche von den Hirse-Quinoa-Schnitten übrig, die ich gestern gebacken habe.« Damit verschwand sie, ohne das angewiderte Gesicht von Fritz zu beachten.

Als Fritz die Treppe hinaufstieg, um seinen Schulranzen aus seinem Zimmer zu holen, war er sich selbst nicht mehr sicher, ob er die Ereignisse der letzten Nacht nicht einfach nur geträumt hatte. Lena hatte recht, es gab keine sprechenden Schildkröten. Aber er hatte sich gekniffen, und es hatte wehgetan. Litt er womöglich unter Halluzinationen, weil er zu wenig geschlafen hatte? Die Mückenjagd, das Leuchten aus dem Aquarium, die sprechende Schildkröte … das klang doch alles völlig wirr.

Fritz warf einen kurzen Blick in den Spiegel und strich sich eine blonde Strähne aus der Stirn. Er sah aus wie ein Zombie. Unter seinen Augen zeichneten sich deutliche Ringe ab, die abstehenden Haare führten ein irritierendes Eigenleben. So musste es sein, er hatte halluziniert – oder zumindest sehr lebhaft geträumt. Eine andere logische Erklärung gab es nicht.

Entschlossen griff Fritz nach seinem Schulranzen. Er wollte gerade das Zimmer verlassen, als sein Blick auf die Wand neben seinem Bett fiel. Dort klebte wie eine Trophäe die platt gequetschte Mücke mitsamt dem Blutfleck.

Fritz ließ den Ranzen sinken. Zumindest diesen Teil hatte er sich nicht eingebildet. War alles andere auch genauso passiert? Er trat ans Aquarium und betrachtete Hildegard, die sich gerade genüsslich über ihr Frühstück hermachte.

»Hildegard, ich bin doch nicht verrückt, oder?«, fragte er. »Spätestens wenn die Prinzessin auftaucht, wird Lena mir glauben müssen. Du hast gesagt, dass ich sie erkennen werde. Ich hoffe, du hast keinen Blödsinn erzählt.«

Die Schildkröte sah von ihrem Futter auf, und für einen Moment hatte Fritz das Gefühl, als zwinkerte sie ihm zu.

# Mari

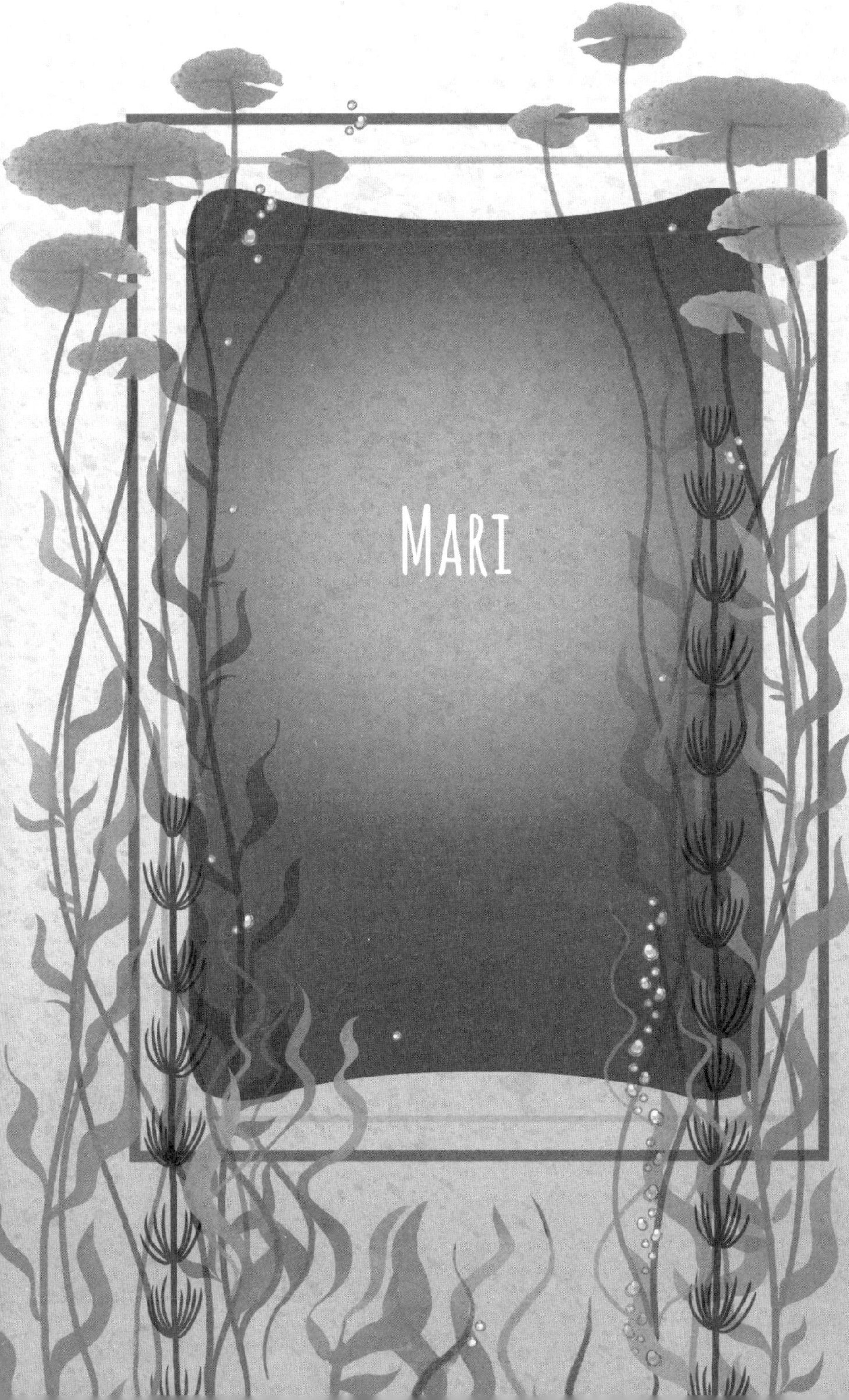

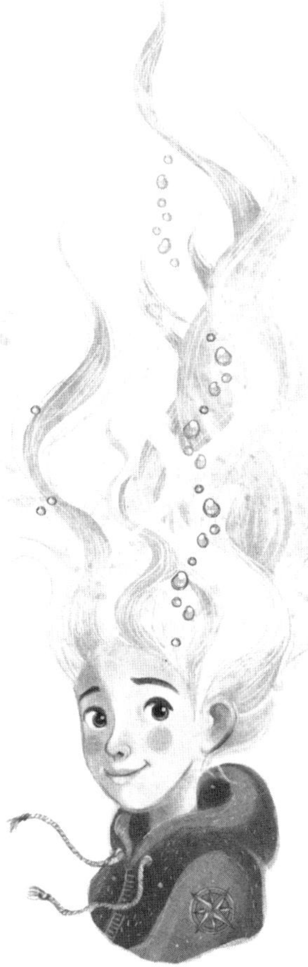

Überraschung, liebe Kinder, wir schreiben eine Arbeit! Packt eure Mathebücher weg, ihr habt ja sicher alle gelernt.« Schwungvoll betrat Herr Kottel das Klassenzimmer und knallte seine Aktentasche aufs Lehrerpult.

Kollektives Stöhnen ging durch die Bänke. Während Lena selig lächelte und sich ihrer Eins mit Sternchen vermutlich bereits sicher war, vergrub Fritz das Gesicht in den Händen. Konnte dieser Tag noch schlimmer werden? Mit einer Klassenarbeit hatte er nicht gerechnet, und natürlich hatte er sich nicht vorbereitet. Dabei stand er in Mathe auf einer wackeligen Vier. Wenn er jetzt eine Sechs kassierte, würde er noch weiter abrutschen. Wie gemein von Herrn Kottel, ihnen diesen sonnigen Tag derart zu verderben!

Pfeifend zog der Lehrer einen Stapel Klassenarbeiten aus seiner Tasche und machte sich daran, sie auszuteilen.

In diesem Moment klopfte es. Ohne auf ein »Herein« zu warten, wurde die Tür aufgerissen. Es war die Direktorin, die ein ziemlich zerzaustes und ziemlich böse dreinschauendes Mädchen im Schlepptau hatte.

»Entschuldigen Sie die Störung, Herr Kollege, aber ich bringe Ihnen die neue Schülerin. Meine E-Mail dazu haben Sie ja gelesen, nehme ich an.«

»Äh … ja, natürlich, Frau Maus«, sagte Herr Kottel.

Die Direktorin trat ein, und das Mädchen folgte ihr widerwillig. Frau Maus, die nicht nur sehr untersetzt, sondern auch sehr groß war, baute sich vor der Klasse auf. Sie überragte Herrn Kottel, der neben ihr aussah wie ein Spargeltarzan, um einen ganzen Kopf. Genau genommen, war sie mehr Elefant als Maus.

»Liebe 5a, darf ich vorstellen«, begann sie feierlich,

»das ist eure neue Mitschülerin, Marimiranda von Holler-Stukenberg.«

Emma und Lina, die in der ersten Reihe saßen, brachen in Gelächter aus, doch die Neue warf ihnen einen derart bösen Blick zu, dass sie augenblicklich verstummten.

»Ein Schulwechsel mitten im Jahr, wenige Wochen vor den Sommerferien, ist zwar etwas ungewöhnlich, aber in diesem Fall ließ er sich nicht vermeiden. Marimiranda hat leider ihre Eltern verloren und wird deshalb hier in Einöd am Meer bei ihrem Großvater leben.«

Nun schauten Emma und Lina die Neue voller Mitleid an, aber die sah immer noch aus, als würde sie ihnen am liebsten ins Gesicht springen.

Überhaupt schien sie die Meinung anderer nicht besonders zu interessieren. Ihre weißblonden Haare waren ungleich lang, als hätte sie die selbst geschnitten, und hingen strähnig herab. Sie trug ein schwarzes T-Shirt mit verblasstem Aufdruck, das ihr mindestens drei Nummern zu groß war, darunter Jeans und löchrige Stoffturnschuhe. Ihre Haut war so hell, dass man die Adern sehen konnte.

»Liebe Klasse, bitte heißt Marimiranda herzlich willkommen«, flötete Frau Maus.

Ein paar verhaltene »Hallos« und »His« waren zu hören.

»Willkommen in Einöd. Wir haben zwar keinen Supermarkt, dafür aber jede Menge Atlantis-Merchandise, wenn du auf so etwas stehst«, sagte Lena, ohne eine Miene zu verziehen.

Fritz war sich nicht ganz sicher, aber er glaubte, ein kurzes Lächeln über das Gesicht des Mädchens huschen zu sehen.

»Marimiranda, möchtest du uns nicht ein wenig über dich erzählen?« Frau Maus nickte eifrig und schob das Mädchen ein Stück nach vorne, als wollte sie einen Stargast präsentieren.

Wenn Blicke töten könnten, wäre die Direktorin auf der Stelle umgefallen, und es hätte mindestens sechs Mann gebraucht, um sie aus dem Gebäude zu transportieren.

Das Mädchen räusperte sich und wandte sich an die Klasse. »Ihr könnt mich Mari nennen«, sagte sie mit einer Stimme, die seltsam warm und melodisch klang und so gar nicht zu ihrem abgerissenen Outfit passte. »Ich mag Musik, Schwimmen und Tiere. Besonders interessiere ich mich für Aquarien.«

»Dann kannst du ja in unserer Aquaristik-AG mitmachen«, rutschte es Fritz heraus. Im nächsten Moment biss er sich auf die Lippe. Normalerweise war er viel zu schüchtern, um sich einfach so zu Wort zu melden. Er wusste selbst nicht, wo das eben hergekommen war.

Das Mädchen sah ihn an, und er hatte das Gefühl, als blickte sie direkt in ihn hinein. Noch nie in seinem Leben hatte Fritz solche Augen gesehen. Je nach Lichteinfall wechselten sie ihre Farbe, von Smaragdgrün zu Türkisblau, und gleichzeitig schien von ihnen ein Leuchten auszugehen.

Fritz wäre am liebsten im Boden versunken, aber er konnte nicht anders, als Mari anzustarren. Es fühlte sich an wie eine halbe Ewigkeit, bis sie erneut sprach.

»Klar, warum nicht«, meinte sie schulterzuckend. »Ach ja, was ich gar nicht mag sind Klugscheißer, Rosenkohl und Mathe.« Sie sah Herrn Kottel an. Sein Gesicht hatte einen säuerlichen Ausdruck angenommen. »Darf ich mich jetzt hinsetzen, Herr Köttel?«

»Kottel«, korrigierte der Lehrer streng, was jedoch im Gelächter der Klasse unterging. »Der Platz dahinten neben Fritz ist frei«, sagte er mürrisch, nachdem das Gelächter abgeebbt und die Direktorin verschwunden war. Mit einem Seitenblick auf Fritz fügte er hinzu: »Wir mussten ihn und seine Schwester auseinandersetzen.«

Schon zum zweiten Mal wünschte sich Fritz, der Boden unter ihm möge sich auftun, als die neue Mitschülerin lustlos zu seiner Bank schlurfte und sich neben ihn auf den Stuhl fallen ließ. Sie kramte in ihrer braunen Umhängetasche, förderte eine Packung Kaugummis zutage und steckte sich einen in den Mund.

»Willst du auch einen?« Sie hielt Fritz die Packung hin.

»Äh … klar, danke.« Fritz griff zu und schob sich den

Kaugummi schnell in den Mund, als Herr Kottel sich wegdrehte. Er schmeckte nach süßen Äpfeln und etwas, das Fritz nicht genau einordnen konnte.

Mari grinste ihm verschwörerisch zu, und Fritz spürte, wie seine Ohren heiß wurden.

»Darf ich um eure werte Aufmerksamkeit bitten?«, rief Herr Kottel über das Gemurmel hinweg, das sich im Klassenzimmer ausgebreitet hatte. »Also, falls ihr geglaubt habt, ihr kommt jetzt um die Mathearbeit herum, muss ich euch enttäuschen. Und weil wir unterbrochen wurden, habt ihr leider nur noch fünfunddreißig Minuten Zeit.«

Das Gemurmel verstummte augenblicklich.

»Im Ernst?«

»Sie veräppeln uns!«

»Aber, Herr Kottel, Sie können doch nicht –«

»RUHE!«, brüllte der Lehrer, und fünfundzwanzig – nein, sechsundzwanzig – Schüler fügten sich widerwillig ihrem Schicksal.

»Für dich können wir leider keine Ausnahme machen«, sagte Herr Kottel mit gespieltem Bedauern zu Mari, während er die Blätter austeilte. »Aber Geometrie hast du ja sicher an deiner alten Schule auch schon gelernt.« Er lächelte fies, als er Mari ihr Blatt überreichte.

Mari nahm es entgegen und schnitt hinter seinem Rücken eine Grimasse.

Fritz musste grinsen. Die Neue war zwar irgendwie komisch, aber er mochte sie trotzdem auf Anhieb.

»Noch vierunddreißig Minuten!«, verkündete Herr Kottel. »Beim Nachbarn spicken bringt nichts, ihr habt unterschiedliche Aufgaben.«

Fritz seufzte und drehte sein Blatt um. Er hatte das sichere Gefühl, dass es leer bleiben würde.

Neben Fritz ließ Mari geräuschvoll eine Kaugummiblase platzen. Er las sich die Aufgaben durch, und merkwürdigerweise kamen sie ihm auf einmal gar nicht mehr so schwierig vor. Vielleicht konnte er eine Sechs vermeiden, indem er zumindest ein paar von ihnen löste?

Fritz schnappte sich sein Geodreieck und fing an zu rechnen. Er schrieb und rechnete und schrieb und blendete dabei Herrn Kottels nervige Zeitansagen vollkommen aus. Wenig später hatte er alle Aufgaben gelöst und war noch vor Ablauf der Zeit fertig.

»Noch fünf Sekunden … Vier, drei, zwei, eins – Füller weg!«

Lena warf Fritz einen ungläubigen Blick zu, als Herr Kottel die Arbeiten einsammelte und sie sein vollgeschriebenes Blatt sah.

Fritz hatte zwar keine Ahnung, ob seine Lösungen stimmten, aber zumindest hatte er das Gefühl, nicht auf ganzer Linie versagt zu haben. Und das war doch schon mal ein guter Anfang.

Nach der Mittagspause folgte Fritz' Lieblingsteil des heutigen Schultags, die Aquaristik-AG. Er mochte Herrn Jäckel, der die AG leitete und auch sein und Lenas Biologielehrer war. Vielleicht war das der Grund, warum Fritz' Bio-Note nicht ganz so katastrophal ausfiel wie die der anderen Fächer.

Herr Jäckel konnte super erklären und wusste alles über die unterschiedlichen Fische und deren Pflege. Guppy, Schmetterlingsbuntbarsch, Segelflosser. Sie alle tummelten sich in den großen Aquarien der Schule. Das war einer der wenigen Vorteile des Atlantis-Wahnsinns: Herr Hasenknopf hatte Kontakt zu sehr einflussreichen, gut betuchten Geschäftsmännern, und einer von ihnen hatte der Schule die Aquarien spendiert. Es gab sogar ein Becken mit Piranhas, aber um die durften sich nur die älteren Schüler kümmern, seit ein Junge seinen Döner an die Fische verfüttert hatte und diese wochenlang unter Blähungen gelitten hatten.

Tatsächlich tauchte heute auch Mari in der Aquaristik-AG auf. Herr Jäckel schien sich über den Neuzugang zu freuen und ersparte ihr zum Glück die peinliche Vorstellung.

Während eine Gruppe von Schülern sich mit der undankbaren Aufgabe herumschlug, die Austern zusammenzusuchen, die der Krake aus Langeweile mal wieder im ganzen Aquarium versteckt hatte, zeigte der Lehrer den anderen ein neues Becken. Es war größer als die anderen Aquarien, und bunte Fische schwammen darin umher. Es leuchtete in den schillerndsten Farben.

Fritz entdeckte pinke und lilafarbene Seeanemonen sowie einige Clownfische. »Wie cool, ein Tropenaquarium!«, entfuhr es ihm.

»Das stimmt, Fritz, sehr gut«, lobte Herr Jäckel. »Ein großzügiger Sponsor hat es der Schule geschenkt. Selbst hätten wir uns die Anschaffung nicht leisten können.«

Fritz war beeindruckt. Von so einem Aquarium träumte er schon seit Langem, aber Papa behauptete, dass dafür kein Platz sei. Dass sie vor zwei Jahren in ein größeres Haus gezogen waren, war für ihn kein Argument.

»Und wer kümmert sich um die Fische, wenn wir mal nicht da sind? Meerwasseraquarien sind sehr kompliziert, das können wir Oma oder den Nachbarn nicht zumuten.«

»Wir fahren doch sowieso nie in den Urlaub«, widersprach Fritz, aber davon wollte sein Vater nichts hören.

»In den Sommerferien ist nun mal Hauptsaison, da kann ich den Laden nicht einfach zusperren«, bestimmte er.

Damit war die Diskussion beendet gewesen.

»Wer kann mir sagen, was das für Tiere sind?«, fragte Herr Jäckel die Schüler und deutete auf mehrere kugelförmige Gebilde mit vielen Stacheln, die ein bisschen aussahen wie Kastanien.

»Das sind Seeigel«, sagte Mari wie aus der Pistole geschossen. Alle Augenpaare richteten sich auf sie. »Sie leben am Meeresboden und gehören zum Stamm der Stachelhäuter. Ihr ganzer Körper ist von beweglichen Stacheln bedeckt, außerdem besitzen sie kleine Saugfüßchen, mit deren Hilfe sie sich fortbewegen können. Sie fressen hauptsächlich Algen, manchmal aber auch winzige Meerestierchen. Und wenn man Pech hat, sind sie giftig.«

Herr Jäckel zog die Augenbrauen hoch. »Donnerwetter, da kennt sich aber jemand gut aus. Hast du etwa ein Meerwasseraquarium zu Hause?«

»Ja, so was in der Art«, murmelte Mari, der die plötzliche Aufmerksamkeit unangenehm zu sein schien. Für den Rest der Stunde war sie still, während Herr Jäckel erklärte, wie man die Seeigel und Clownfische fütterte und dass Seeigel eng mit den Seesternen und Seegurken verwandt waren.

Fritz fand das alles wahnsinnig spannend und machte sich fleißig Notizen. Vielleicht würde er Papa ja doch noch überzeugen können. Die Zeit verging wie im Flug, und er war beinahe enttäuscht, als es zum Ende der Stunde läutete.

Gerade als er sich auf sein Fahrrad schwingen wollte, fiel ihm ein, dass er sein Deutschbuch liegen lassen hatte. Wenn er die Hausaufgaben nicht machte, würde er Ärger bekommen, und Lena um Hilfe bitten wollte er auf gar keinen Fall.

Fritz fluchte, schloss sein Fahrrad wieder ab und ging zurück ins Schulgebäude. Der Trakt mit den Biologieräumen wirkte wie ausgestorben, und es brannte nur noch spärliches Licht.

Fritz drückte die Türklinke zum Raum der Aquaristik-AG herunter und hielt inne, als er Stimmen hörte.

»Es ist doch nur vorübergehend, Günther. Und nur solange ich Unterricht habe. Die paar Stündchen wirst du doch aushalten.«

Das war eindeutig Maris Stimme! Fritz erkannte den weichen Singsang sofort.

»Pah, so haben wir nicht gewettet, Fräulein!«, sagte nun eine andere, fremde Stimme. Sie klang kratzig und ziemlich eingeschnappt. »Der Deal war, dass ich mitkomme, aber davon, dass du mich hier einsperrst, war nie die Rede.«

Fritz öffnete vorsichtig die Tür und lugte in den Raum. Mari stand mit dem Rücken zu ihm vor dem Salzwasseraquarium und unterhielt sich mit jemandem, den Fritz nicht sehen konnte.

»Was soll ich denn hier bei all diesen Dumpfbacken?«,

meckerte die kratzige Stimme weiter. »Der Typ dahinten mit den albernen Streifen hat mich vorhin gefragt, wo hier das nächste Korallenriff ist! Dieser Vollhorst checkt nicht mal, dass er sich in einem Aquarium befindet! Und die dämliche Gurke da drüben rülpst in einem fort.«

Fritz wurde hellhörig. Im Aquarium? Mit wem zur Hölle redete Mari da?

Jetzt hob sie den Deckel des Aquariums an und griff hinein. Durfte sie das überhaupt? Kurz überlegte Fritz, ob er Herrn Jäckel suchen sollte, aber das, was er als Nächstes beobachtete, ließ ihn den Gedanken sofort wieder vergessen.

Mari drehte sich ein wenig zur Seite, und Fritz konnte nun sehen, dass sie beide Hände zu einer Schale geformt hatte.

Darin befand sich etwas, das sich bewegte. Ein kleines, kugelförmiges Wesen mit vielen Stacheln. Es sah ein wenig anders aus als die, die sie vorhin angeschaut hatten, aber es war eindeutig ein Seeigel! Fritz hielt den Atem an.

»Günther, es tut mir wirklich leid, aber du musst noch ein Weilchen hierbleiben. Olf beobachtet mich auf Schritt und Tritt. Wenn er herausfindet, dass ich dich mitgenommen habe, wird er es meinem Vater sagen, und dann gibt es richtig Ärger! Willst du das riskieren?«

Was redete Mari da? Hatte Frau Maus nicht heute Morgen gesagt, dass Maris Eltern gestorben waren?

Das Wesen in Maris Händen seufzte. »Na gut. Aber du musst mir nächstes Mal meine Lieblingsalgen mitbringen. Dieses Trockenfutter hier kann doch keiner essen. Pfui Teufel!«

»Mach ich. Und bis sich die Wogen ein bisschen geglättet haben, kannst du dich ja mit den anderen Bewohnern anfreunden.«

»Sehr witzig, Prinzessin!«, knurrte der Seeigel. »Dann müssen wir ja jetzt nur noch Verstärkung finden. Nichts leichter als das, haha!«

Fritz beobachtete Mari fasziniert, als hinter ihm eine Stimme erklang.

»Was machst du denn noch hier?«, fragte plötzlich Herr Jäckel. Vor Schreck rutschte Fritz der Schlüsselbund aus der Hand und fiel klirrend zu Boden.

Mari fuhr herum und starrte ihn mit weit aufgerissenen Augen an. Ihr Blick wanderte panisch zu dem Seeigel in ihren Händen und dann wieder zur halb geöffneten Tür.

Und plötzlich fiel es Fritz wie Schuppen von den Augen.

# Geheimnisse

Im Nachhinein konnte Fritz selbst nicht mehr genau sagen, wie er es geschafft hatte. Normalerweise zählte Schlagfertigkeit nicht zu seinen Stärken, aber heute war es ihm tatsächlich gelungen, Herrn Jäckel in ein Gespräch über Meerwasseraquarien zu verwickeln. Er hatte ihn sogar dazu gebracht, die Schulbibliothek aufzusperren, damit Fritz sich die entsprechenden Bücher ausleihen konnte.

Herr Jäckel, der sich über so viel Interesse freute, hatte zum Glück nicht mitbekommen, dass sich außer Fritz noch jemand im Aquaristikraum befand. Und dessen Ablenkungsmanöver hatte Mari genug Zeit verschafft, sich davonzustehlen. Jedenfalls hoffte Fritz das. Der einzige Nachteil war, dass er jetzt drei dicke Wälzer mit sich herumschleppte, die er irgendwie nach Hause transportieren musste.

Immer wieder wanderten seine Gedanken zurück zu letzter Nacht, als seine Schildkröte plötzlich mit ihm gesprochen hatte, und er erinnerte sich daran, was Hildegard gesagt hatte. Ihre komische Vorahnung musste etwas mit Mari zu tun haben, es konnte gar nicht anders sein.

Als er gedankenverloren versuchte, die Bücher auf seinen Gepäckträger zu klemmen, tippte ihm jemand auf die Schulter. Fritz fuhr herum und ließ prompt den Stapel Bücher fallen. Es war Mari.

»Danke, das war echt cool von dir«, sagte sie mit dieser leisen melodischen Stimme, die ihm Schauer über den Rücken jagte. »Ohne deine Hilfe hätte ich bestimmt Riesenärger bekommen.« Sie lächelte ihn an.

»Ähm … logo, ha… hab ich doch gerne gemacht«, stammelte Fritz, während er etwas unbeholfen die Bücher vom Boden aufhob.

Mari schaute ihn unverwandt an, ohne etwas zu sagen. Wieder dieser Blick, mit dem sie ihn zu durchleuchten schien. Wenn er jetzt nicht fragte, würde er sich nie trauen.

»Wer bist du?«, fragte er mit fester Stimme.

Mari legte den Kopf schief und sah ihn unschuldig an. »Was meinst du? Du kennst doch meinen Namen. Marimiranda von Hol…«

»Du hast mit einem Seeigel geredet!«, platzte Fritz heraus. »Und Hildegard … also meine Schildkröte, hat mir gesagt, dass ich dich erkennen würde. Und dass du meine und Lenas Hilfe brauchst!« Er sprach so schnell, dass er beinahe vergaß zu atmen.

Mari zog eine Augenbraue hoch. »Deine Schildkröte redet mit dir? Warst du mal beim Psychologen?«

Jetzt wurde Fritz allmählich wütend. Der Spruch hätte genauso gut von Lena kommen können. »Lass den Blödsinn! Ich weiß, was ich gesehen und gehört habe. Und ich denke, nachdem ich dir geholfen habe, bist du mir eine Erklärung schuldig. Ich weiß, dass das mit deinen Eltern gelogen war. Sie sind gar nicht tot!«

»Schschsch! Nicht so laut!« Mari blickte sich hektisch um, aber außer ihnen war auf dem Gelände niemand zu sehen. Sie trat einen Schritt näher und senkte ihre Stimme. »Ist ja gut. Ich erkläre es dir. Aber nicht hier und nicht jetzt, okay? Ich muss –«

In diesem Augenblick ertönte ein ohrenbetäubendes Knattern, und ein Motorrad mit Beiwagen kam einige Meter entfernt am Straßenrand zum Stehen. Dabei spuckte es eine Rußwolke aus, auf die jedes Kohlekraftwerk neidisch gewesen wäre. Es war eines dieser amerikanischen Modelle, an denen Fritz' Onkel Klaus in seiner Freizeit gern herumbastelte, allerdings befand es sich in erbärmlichem Zustand. Fritz konnte schon aus der Ferne die Beulen und Rostflecken an dem Beiwagen sehen. Der Motor gab rasselnde Geräusche von sich, die an einen schlimmen Raucherhusten erinnerten, und Fritz wunderte sich, dass sich das Ding überhaupt noch bewegte.

Jetzt nahm der Fahrer seinen Helm ab. »Hey Mari, steig ein!«, rief er zu ihnen herüber.

Der Typ wirkte genau wie sein Vehikel ein wenig aus der Zeit gefallen. Sein graues Haar hing ihm in langen Strähnen über die Schultern und schimmerte in der Nachmittagssonne leicht grünlich. Sein ungepflegter Bart war fast ebenso lang wie seine Haare, und er trug eine runde Sonnenbrille und ein grelloranges T-Shirt.

Fritz hatte den Mann noch nie zuvor gesehen. In Einöd liefen zwar mitunter seltsame Gestalten herum, aber dieser Kerl und sein Motorrad wären ihm mit Sicherheit aufgefallen. Er schaute von dem alternden Hippie auf seinem rostigen Gefährt ungläubig zu Mari und wieder zurück.

»Mund zu, es zieht!« Mari stieß ihn an. »Das ist Olf, mein … äh, Opa.«

»Aha«, machte Fritz. Das Ganze wurde wirklich immer schräger.

»Mari! Hast du Algen in den Ohren? Jetzt komm schon!«, rief der Mann in ihre Richtung.

»Sorry, ich muss echt los.« Mari hob entschuldigend die Hände. »Ich erkläre dir alles, versprochen!« Sie wandte sich zum Gehen, machte aber auf halber Strecke kehrt. »Ich dachte, das brauchst du vielleicht für deine Hausaufgaben.« Sie zog Fritz' Deutschbuch aus ihrer Tasche und legte es oben auf seinen Bücherstapel. »Man sieht sich.« Mit diesen Worten ließ sie Fritz stehen, setzte sich einen geblümten Helm auf und sprang in den Beiwagen des Motorrads, das knatternd und röchelnd davonfuhr.

So schnell er konnte, war Fritz nach Hause geradelt. Fast hätte er den verfressenen Pudel von Frau Käsebrock über den Haufen gefahren, der mal wieder alleine Gassi ging auf der Suche nach einem unverhofften Leckerli. Völlig aus der Puste, schleuderte er seinen Schulranzen in eine Ecke und rannte die Treppe nach oben. Er konnte es kaum erwarten, seiner Schwester davon zu berichten, was gerade passiert war. Jetzt musste sie ihm einfach glauben!

Lena war nicht in ihrem Zimmer, deshalb lief Fritz schnurstracks zur Garage. Dort hatte seine Schwester sich eine Art Labor eingerichtet, in dem sie über ihren sogenannten »Forschungsprojekten« brütete.

Seit Jahren träumte sie davon, bei *Jugend forscht* den ersten Preis zu gewinnen. Leider war bisher keine ihrer Ideen sonderlich erfolgreich gewesen. Der automatische Wäschesortierer hatte riesige Löcher in Mamas teure Seidenblusen gerissen, und Lena war zum allerersten Mal in ihrem Leben in den Genuss von Hausarrest gekommen. Ihr Versuch, aus einer alten Thermosflasche und chinesischen Feuerwerkskörpern eine Weltraumrakete zu basteln, hatte um ein Haar einen Feuerwehreinsatz ausgelöst und dazu geführt, dass Papa seitdem immer draußen parkte, weil er Angst um sein Auto hatte.

Fritz hatte den richtigen Riecher gehabt – als er das Garagentor öffnete, war seine Schwester gerade dabei, Rollen an eine blecherne Milchkanne zu schrauben, auf die sie Augen und einen Mund gemalt hatte.

»Was machst du denn da Schönes, Schwesterherz?«, fragte er mit gespieltem Interesse. »Wird das ein Roboter?«

Lena kniff die Augen zusammen. »Seit wann interessierst du dich für meine Projekte?«

»Ähh … schon immer«, log Fritz. Es klang nicht sehr überzeugend.

»Blödsinn, die fandest du schon immer so öde wie ich deine Goldfische. Du willst doch irgendwas von mir. Raus mit der Sprache! Soll ich deinen Deutschaufsatz korrigieren oder dir Geo erklären?«

»Nichts davon. Es geht um das, was ich dir schon heute Morgen erzählt habe.«

Lena seufzte. »Geht das schon wieder los?«

»Mari ist die Prinzessin!«, rief Fritz. »Ich hab sie erkannt. Genau wie Hildegard es vorausgesagt hat. Ich habe im Aquaristikraum beobachtet, wie sie sich mit einem Seeigel unterhalten hat. Das ist der eindeutige Beweis.«

»Das beweist höchstens, dass ihr beide nicht alle Latten am Zaun habt«, meinte Lena trocken. »Sprechende Seeigel und orakelnde Schildkröten. Also echt.« Sie tippte sich an die Stirn.

Fritz war viel zu aufgeregt, um darauf zu reagieren. Hastig berichtete er seiner Schwester, was er in der Schule erlebt hatte.

Als er fertig war, ließ sie den Schraubenzieher sinken und schien zu grübeln. »Also, ich weiß ja nicht«, sagte sie nach einer Weile. »Mari und dieser komische Opa Olf könnten auch ganz einfach Betrüger sein. Sie wären nicht die Ersten, die Einöd am Meer für eine Goldgrube halten.«

»Es wirkte nicht so, als wären sie auf Geld aus«, antwortete Fritz. Er war froh, dass Lena ihm jetzt zumindest zuhörte, ohne ihn auszulachen.

In diesem Moment vibrierte sein Handy. Fritz zog es aus der Hosentasche und blickte auf das Display. Es zeigte eine neue Nachricht von einer Nummer, die Fritz nicht kannte. Er tippte sie an.

*Wegen der Prophezeiung und so: Sonntagnachmittag um drei bei mir zu Hause. Poseidonweg 1. Bring deine Schwester mit. Und kein Wort zu irgendjemandem. M.*

Wortlos hielt Fritz Lena das Handy hin, sodass sie den Text lesen konnte. »Glaubst du mir jetzt?«

»Hmm«, machte sie nur.

»Warum würde sie von einer Prophezeiung schreiben und so geheimnisvoll tun, wenn ich mir das nur eingebildet habe?«, fragte Fritz.

Darauf wusste Lena offenbar keine Antwort.

Fritz wurde langsam ungeduldig. »Also, kommst du am Sonntag mit oder nicht?«

»Okay«, sagte Lena schließlich schulterzuckend. »Wir können uns ja mal anhören, was diese Mari zu erzählen hat. Und am Wochenende sind wir eh bei Onkel Klaus, das ist ja ganz in der Nähe.«

Der Poseidonweg führte direkt zum Meer und lag nur fünf Gehminuten von Klaus' Hütte entfernt am anderen Ende der Stadt. Weil ihre Eltern übers Wochenende wegfahren wollten, würden Lena und Fritz dort übernachten. Es war beinahe so, als hätte Mari das gewusst.

Schnell tippte Fritz eine Antwort.

*Wir kommen. Aber nur, wenn du uns dein Meerwasseraquarium zeigst. Fritz*

Nur eine Sekunde später meldete sich sein Handy erneut.

☺

Das war alles. Fritz' Herz hämmerte vor Aufregung. Er konnte es kaum erwarten, mehr über Mari und ihr Geheimnis zu erfahren. Bis zum Wochenende waren es nur noch zwei Tage …

Erst viel später, als er bereits in seinem Bett lag und Lenas vertrautes Schnarchen zu ihm herüberdrang, fragte Fritz sich, woher Mari überhaupt seine Handynummer hatte. Er hatte sie ihr nie gegeben.

# Auf Tauchstation

Die Zeit bis zum Wochenende verging quälend langsam. Sosehr Fritz sich an den folgenden beiden Tagen auch bemühte, er erwischte Mari nie allein.

Er versuchte, sie in den Pausen abzupassen, aber jedes Mal murmelte sie eine Entschuldigung und verschwand in der Mädchentoilette. Und dorthin konnte Fritz sie nun wirklich nicht verfolgen, wenn er bei seinen Mitschülern nicht als Spanner gelten wollte.

In den Schulstunden folgte sie gebannt den Ausführungen der Lehrer – oder tat zumindest so – und ignorierte Fritz' Versuche, Kontakt aufzunehmen. Der Zettel, den er ihr zustecken wollte, wurde prompt von der Deutschlehrerin Frau Bratfisch einkassiert.

Der einzige Lichtblick am Freitag war, als Herr Kottel Fritz mit sauertöpfischer Miene seinen Mathetest überreichte, auf dem zu seiner Überraschung eine rote Zwei plus prangte. Lena stand der Mund offen. Sie selbst hatte ausnahmsweise nur eine Eins minus bekommen, was ein harter Schlag für sie sein musste. Den besten Test der ganzen Klasse hatte Mari geschrieben und sogar die volle Punktzahl kassiert.

»Deine neue Freundin hat dich doch bestimmt abschreiben lassen«, grummelte Lena, als die Zwillinge am Freitagabend im Auto ihrer Eltern saßen. Sie waren auf dem Weg zu ihrem Onkel Klaus.

»Sie ist nicht meine Freundin. Außerdem hatten wir unterschiedliche Aufgaben, schon vergessen?«

Lena schnitt eine Grimasse. »Na ja, auch ein blindes Huhn findet mal ein Korn.«

»Kinder, hört auf zu streiten! Freut euch doch lieber, dass Wochenende ist«, rief Mama vom Beifahrersitz aus nach hinten.

»Wir streiten doch gar nicht.« Fritz hatte beschlossen, sich von Lena nicht seine gute Laune verderben zu lassen. »Auf den Ausflug warten wir schließlich schon seit Wochen.«

Tatsächlich stand dieses Wochenende nicht nur der Besuch bei Mari an, sondern die Geschwister hatten am Samstag etwas ganz Besonderes vor. Onkel Klaus, der

Bruder ihrer Mutter, war Meeresbiologe und besaß ein eigenes Unterseeboot. Er hatte den Geschwistern versprochen, sie auf eine Expedition mitzunehmen. Erst vor Kurzem war einige Kilometer vor der Küste ein bislang unbekanntes Tiefsee-Korallenriff entdeckt worden, und Klaus hatte den Auftrag erhalten, es zu erforschen.

Klaus war dreimal verheiratet gewesen, hatte keine Kinder und sprach sieben Sprachen fließend, darunter Mandarin und Kisuaheli. Er liebte alte Motorräder und weite Reisen. Lange Zeit hatte er in Asien gelebt, aber nach seiner letzten Scheidung vor zwei Jahren war er zurück nach Einöd am Meer gezogen. Nun hauste er in einer windschiefen kleinen Fischerhütte, die Fritz' und Lenas Mutter oft als Bruchbude bezeichnete. »Von seinem Geld hätte er sich auch ein vernünftiges Haus kaufen können«, hatte sie zu Papa gesagt. Geld war Klaus ziemlich egal, solange er seiner Forschung und seinen Hobbys nachgehen konnte.

Fritz mochte seinen Onkel unheimlich gerne. Wenn er ihn besuchte, hatte er immer das Gefühl, ganz er selbst sein zu können. Klaus behandelte ihn und seine Schwester nicht wie Kinder, sondern nahm sie ernst und hörte ihnen stets aufmerksam zu. Fritz überlegte, ob er Klaus von Mari erzählen sollte, aber sie hatte ja schließlich geschrieben, dass niemand sonst eingeweiht werden durfte. Schade eigentlich.

»Ich hoffe, du gibst den beiden etwas Anständiges zu essen, nicht wieder nur Burger und Pizza«, sagte Mama zu Onkel Klaus, als sie sich verabschiedeten.

»Aber natürlich, Simone. Heute Abend gibt es das leckere Grünkernrisotto aus dem veganen Kochbuch, das du mir zu Weihnachten geschenkt hast.« Klaus rückte seine Nickelbrille zurecht und zwinkerte Fritz und Lena unauffällig zu.

Lena grinste und schob die Karte vom Pizzaservice schnell unter einen Stapel Zeitungen. Auch wenn sie als Einzige in der Familie Mamas Vorliebe für »gesunde« Speisen teilte, machte sie bei Onkel Klaus gerne mal eine Ausnahme.

Klaus war bekennender Fast-Food-Junkie und davon überzeugt, dass der Mensch ganz gut ohne Obst und Gemüse überleben konnte. Dass er dennoch kein Gramm Fett auf den Rippen hatte, hatte er wohl seinem täglichen Lauftraining und den guten Genen zu verdanken. Er war groß und schlaksig und wirkte trotz seiner grauen Locken und ein paar Fältchen um die Augen jungenhaft.

»Also, ich nehme wie immer die mit Meeresfrüchten. Für euch zweimal Pizza Hawaii?«, fragte er, nachdem Fritz' und Lenas Eltern wieder gefahren waren.

»Na klar!«, antworteten die Zwillinge gleichzeitig.

Sie ließen sich die Pizza schmecken, und nachdem sie sich im Fernsehen noch eine Dokumentation über Quallen angeschaut hatten, bezogen Fritz und Lena das kleine Gästezimmer und machten sich fertig fürs Schlafengehen.

»Bist du schon aufgeregt?«, wollte Lena wissen, als sie bereits in ihren gemütlichen Betten lagen. »Ich hoffe, wir sehen einen Hai!«

»Haie sind bei uns extrem selten«, entgegnete Fritz.

»Na ja, wenigstens kann ich mich für mein neuestes Projekt inspirieren lassen. Ich werde nämlich einen Tauchroboter bauen.«

Fritz verdrehte die Augen, was Lena im Dämmerlicht zum Glück nicht sehen konnte. Er war in Gedanken ganz woanders. »Ich bin gespannt, was Mari uns am Sonntag erzählen will«, murmelte er.

»So ganz glaube ich immer noch nicht, dass sie eine Prinzessin aus dem Meer sein soll«, sagte Lena. »Irgendwie ist sie echt komisch.«

»Ich finde sie nett.«

»Ha, du bist wohl in sie verknallt!«

»Überhaupt nicht«, empörte sich Fritz. »Bloß weil –«

»Streitet ihr beiden schon wieder?« Klaus steckte den Kopf zur Tür herein. »Ihr wisst, was eure Mutter gesagt hat. Wenn ihr euch nicht vertragt …«

»… dann könnt ihr den Ausflug vergessen«, ergänzte Lena. »Keine Sorge, wir haben uns ganz toll lieb. Nicht wahr, Bruderherz?«

»Logo.«

Klaus grinste. »Dann ist ja gut. Und jetzt schlaft am besten, wir müssen morgen früh raus.«

»Wow!«, entfuhr es Fritz. »Das Ding hast du wirklich alleine gebaut?«

»Jepp!«, sagte Klaus, und man konnte ihm ansehen, wie stolz er auf sein Werk war. »Das ist sie, meine *Berta*. Drei Tonnen Stahl und Platz für fünf Matrosen – oder für zwei Leichtmatrosen wie euch.«

Das Ungetüm, das vor ihnen im Wasser lag, sah aus wie eine riesige graue Zigarre. Ein bisschen mulmig war Fritz schon bei der Vorstellung, dass sie damit gleich mehrere Hundert Meter tief tauchen würden. Und zugleich war er neugierig, was sie dort erwartete. Mit seinem Handy wollte er unter Wasser Videos machen.

»Also dann, alle Mann an Bord!«, rief Klaus und kletterte als Erster durch die Luke.

»Und Frauen!« Lena folgte ihm, und Fritz stieg als Letzter in das Boot.

Mit einem lauten *KLONK!* verschloss Klaus die Luke. Fritz war überrascht, wie eng es im Innenraum des U-Boots war. Sie nahmen auf schmalen Klappsitzen Platz, und Klaus startete den Motor. Das U-Boot setzte sich in Bewegung. Es fuhr erstaunlich schnell.

»Sobald wir weit genug draußen sind, gehen wir auf Tauchstation«, erklärte Klaus. »Unser U-Boot hat vier Tauchzellen. Wenn ich das Ventil hier öffne, füllen sie sich mit Wasser, und das Boot sinkt.«

»Abgefahren!«, sagte Lena. »Das muss ich mir merken.« Nachdem sie den Hafen verlassen hatten, fuhren sie an etlichen Touristenbooten vorbei, die so kreative Namen wie *Atlantis-Tours*, *Atlantis-Tours XXL oder Atlantis-Tours XXXL* trugen. Zu dieser Jahreszeit waren sie voll besetzt mit Menschen aller Altersklassen, die *Berta* interessiert beäugten. Manche von ihnen hatten sogar Ferngläser dabei.

»Diese Vollpfosten sollten ihr Geld lieber für etwas Vernünftiges ausgeben«, brummelte Klaus. »Die Tiefsee hat viel mehr zu bieten als diesen Atlantis-Quatsch.«

Immer weiter entfernten sie sich von der Küste, bis der Hafen von Einöd bloß noch zu erahnen war. Hier begegneten ihnen nur noch wenige Boote. Die See war ruhig, und die Strahlen der Morgensonne brachen sich in den Wellen. Klaus pfiff fröhlich vor sich hin, während sie weit hinaus aufs offene Meer fuhren.

Plötzlich erschien vor ihnen am Horizont die Silhouette eines Schiffes. Als sie näher kamen, konnte Fritz erkennen, dass es sich um einen wahren Koloss handelte. Das Schiff war mindestens fünfzig Meter lang. Auf dem Heck prangte in dicken weißen Buchstaben der Schriftzug *SCIENCE* und auf dem Bug der Name *HÜMMERLEIN.*

»Krass, das ist ja ein Forschungsschiff!«, rief Lena.

Klaus zog die Stirn kraus. »Ja, das gehört diesem Windei Hümmerlein. Man muss schon ein enorm großes Ego haben, sein Schiff nach sich selbst zu benennen.«

»Ist das dein Ernst? Professor Doktor Gregor Hümmerlein, der Erfinder der Hümmerlein-Hülle?«, wollte Lena wissen. »Der ist doch total berühmt!«

Klaus lachte. »Ja, weil er sich clever vermarktet. Aber bestimmt nicht, weil er so ein großartiger Wissenschaftler ist.«

Professor Hümmerlein war so etwas wie der Star von Einöd am Meer. Er hatte eine spezielle Hülle entwickelt, mit der man beim Tauchen in großen Tiefen angeblich tolle Fotos schießen konnte. Auch im Souvenirladen von Fritz' Eltern gab es die Hülle zu kaufen. Fast jeder Hobbytaucher in Einöd am Meer legte sich so ein Ding zu. Allerdings häuften sich die Reklamationen, und einige Kunden waren der Meinung, das Teil sei völlig überteuert für ein bisschen Plastik und noch dazu nicht mal richtig dicht – genau wie sein Erfinder.

Hümmerlein hatte außerdem mehrere Bücher geschrieben, die man sogar im Laden von Fritz' und Lenas Eltern kaufen konnte: *Hümmerleins Kosmos, Band 1–10.* Manchmal hielt er Vorträge wie *Alles, was man über At-*

*lantis wissen muss*, *Atlantis für Anfänger* oder, sehr beliebt, *Atlantisfinden leicht gemacht*, die er sich teuer bezahlen ließ. Fritz und Lena hatten zwar noch nie einen der Vorträge besucht, aber sie kannten die Plakate, die zu Dutzenden in ganz Einöd hingen und von denen ein Typ mit Schmalzlocken und sehr, sehr weißen Zähnen herabgrinste.

»Du scheinst ja nicht so viel von ihm zu halten«, hakte Fritz vorsichtig nach.

Die Miene seines Onkels verfinsterte sich. »Das ist noch zu nett ausgedrückt. Typen wie der machen den Ruf seriöser Meereswissenschaftler kaputt. Wenn ihr mich fragt, hat er seine Titel sowieso bloß gekauft. Es geht ihm nur um Profit. Ich kenne nicht eine einzige bedeutende wissenschaftliche Publikation von ihm.«

»Ich frage mich, was er hier macht«, sagte Lena nachdenklich.

»Er wittert das nächste Geschäft, was denn sonst!« Klaus schnaubte. »Wahrscheinlich wird er demnächst verkünden, dass er Atlantis entdeckt hat, und ein Buch darüber schreiben … Aber lasst uns nicht über diesen Betrüger reden, wir haben heute Wichtigeres zu tun. Gleich gehen wir nämlich auf Tauchstation! Seid ihr bereit?«

Die Geschwister nickten, und Klaus trat an das Kontrollpaneel des U-Boots. »Wichtig ist es, erst diesen Hebel hier zu betätigen«, erklärte er. »Dann dreht man das

Stellrad um eindreiviertel Umdrehungen nach rechts – zum Auftauchen natürlich nach links –, und zum Schluss muss man innerhalb von zwei Sekunden den roten Knopf drücken. Merkt euch das für den Notfall, Matrosen.«

»Aye, aye, Captain!« Lena salutierte.

Und dann ging es auch schon los. Am Kontrollpaneel leuchteten einige Lämpchen auf, ein monotones Piepen ertönte, und das U-Boot begann zu sinken. Fritz spürte einen leichten Druck auf den Ohren. Je tiefer sie unter die Wasseroberfläche glitten, desto dunkler wurde es um sie herum.

# SOS
# UNTER
# WASSER

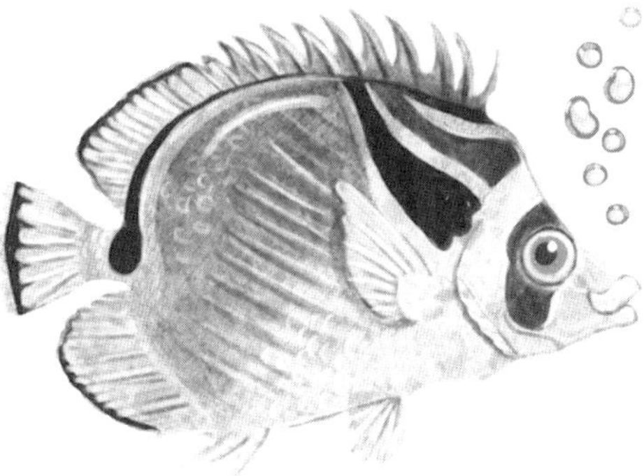

Vierhundertfünfundachtzig Meter. Gleich sind wir unten«, verkündete Klaus.

Als sie die fünfhundert Meter erreicht hatten, betätigte Klaus erneut den Hebel und drückte einige Knöpfe, woraufhin das Unterseeboot begann, langsam geradeaus zu fahren.

Es war inzwischen so dunkel, dass nur die Scheinwerfer des U-Bootes das Wasser um sie herum erhellten. Die Fische, die ihnen hier unten begegneten, sahen immer sonderbarer aus. Mit seiner Unterwasserdrohne filmte Klaus einen Kalmar, der zuerst seine Tentakel nach der Kamera ausstreckte, diese aber dann in einer Tintenwolke einnebelte und zügig das Weite suchte. Ein Schwarm kleiner Fische in schillernden Farben zog direkt vor dem Bug des U-Bootes vorbei, und Fritz klebte mit seiner Nase am Bullauge. Er kam aus dem Staunen gar nicht mehr heraus. Der Ausflug war noch viel besser, als er ihn sich ausgemalt hatte. Weder seine Bücher noch sämtliche Dokumentarfilme über das Leben im Meer kamen an das echte Erlebnis heran. Auch Lena, die sich eigentlich mehr für Technik als für Tiere interessierte, war von den Fischen fasziniert.

Aus dem Augenwinkel nahm Fritz einen Schatten wahr, der sich langsam näherte. Ein riesiger Fisch! Sein dunkelgrauer Körper war stromlinienförmig und glitt elegant durchs Wasser. Fritz' Puls beschleunigte sich. Die spitze Nase und die Rückenflosse waren unverkennbar. Es war ein –

»Ein Hai!«, schrie Lena aufgeregt.

»Ja genau«, bestätigte Klaus. »Das ist ein sogenannter Riesenhai. Dieses Exemplar ist gut und gerne acht Meter lang!«

Der Hai schwamm immer näher an das U-Boot heran, sodass sie die hellen Flecken an der Seite seines Körpers sehen konnten. Als er etwa zehn Meter vor ihnen war, öffnete er sein gigantisches Maul, das von innen schwarz und weiß gestreift war.

Panisch zerrte Lena Klaus am Ärmel. »Der will uns angreifen! Worauf warten wir noch? Lasst uns abhauen!«

Klaus lächelte. »Keine Sorge, dieser Kamerad ist für Menschen völlig ungefährlich, auch wenn er ganz schön bedrohlich aussieht.«

»Er frisst ausschließlich Plankton«, ergänzte Fritz, der ein bisschen stolz darauf war, einmal mehr zu wissen als seine Schwester. »Mit seinem Maul filtert er die kleinen Teilchen aus dem Wasser. Er ist nach dem Walhai der zweitgrößte bekannte Fisch der Welt. Und er ist ausgesprochen selten.«

»Richtig«, sagte Klaus anerkennend. »Deswegen mache ich jetzt noch ein paar Aufnahmen von ihm. Die Gelegenheit lasse ich mir nicht entgehen.«

Er steuerte die Drohne in Richtung des Fisches. »Wahnsinn! Das wird eine Sensation auf dem nächsten Kongress«, murmelte er.

Es sah beinahe unwirklich aus, wie der Gigant mit weit geöffnetem Maul langsam an ihnen vorbeiglitt. Und gleichzeitig hatte der Anblick etwas Beruhigendes. Weder das U-Boot noch die kleine Drohne schienen ihn zu stören. Fritz hätte den Riesenhai noch stundenlang beobachten können.

Doch mit einem Mal kam Leben in das große Tier. Es klappte sein Maul zu und wirkte plötzlich nervös, als wüsste es nicht, wohin es schwimmen sollte. Klaus hatte Mühe, ihm mit der Drohne zu folgen.

»He, wo willst du denn hin?«, rief Fritz und klopfte

gegen das Bullauge – was der Hai bestimmt nicht hören konnte. Und falls doch, interessierte es ihn nicht besonders. Mit einer kräftigen Bewegung seiner Schwanzflosse wechselte er die Schwimmrichtung und war kurz darauf verschwunden.

»Mist!«, fluchte Klaus.

»Haben wir ihn erschreckt?«, wunderte sich Lena.

Klaus runzelte die Stirn. »Ich glaube, das waren nicht wir, sondern eher das da.« Er deutete durch das Bullauge nach draußen, wo sich im Licht der Scheinwerfer erneut ein Schatten näherte. Er war mindestens genauso groß wie der Riesenhai.

»Ist das etwa noch ein Hai?«, fragte Fritz aufgeregt.

Der massige Körper kam genau auf das U-Boot zu. Anders als der Hai bewegte sich dieser Schatten nicht ruhig und fließend, sondern geradlinig und vor allem sehr schnell.

Jetzt konnte Fritz auch zwei grell leuchtende Augen sehen, die am Kopf des Riesen saßen – Scheinwerfer!

»Das ist ein U-Boot«, murmelte Fritz, während Klaus neben ihm plötzlich hektisch wurde.

»Sieht der uns etwa nicht?«

Das andere U-Boot schien direkten Kurs auf die *Berta* zu nehmen.

Klaus fluchte und drückte einige Knöpfe am Kontrollpaneel. Die *Berta* bewegte sich ein Stück nach rechts, doch im selben Moment machte auch das andere U-Boot einen Ruck zur Seite. Es war bereits bedrohlich nahe.

»Was zur Hölle …?« Klaus zog den Hebel, um die *Berta* tiefer tauchen zu lassen. »Der spinnt wohl!«

Fritz brach der kalte Schweiß aus. Wie eine Rakete schoss das fremde U-Boot auf sie zu, die Scheinwerfer wie zwei böse Augen auf sie gerichtet. Es war bestimmt doppelt so groß wie die *Berta*. Bei einer Kollision hätten sie keine Chance.

»Warum funktioniert das denn nicht?!« In Klaus' Stimme schwang Panik, als er den Hebel auf- und abbewegte. »Er klemmt!«

»Oh nein, wir werden alle draufgehen!«, schrie Lena.

Fritz eilte zu seinem Onkel, und mit vereinten Kräften zogen sie an dem Hebel. Er bewegte sich keinen Millimeter. Das andere U-Boot war nur noch wenige Meter entfernt. Nah genug, dass Fritz die Buchstaben G. H. erkennen konnte, die auf der Seite des Schiffes prangten. Jeden Moment würde es sie rammen.

Fritz kniff die Augen zusammen und zog noch einmal, so fest er konnte. Der Hebel gab nach! Fritz und Klaus verloren das Gleichgewicht und kullerten auf den Boden, während die *Berta* einen gewaltigen Satz nach unten machte. Das fremde U-Boot verfehlte sie um Haaresbreite und verschwand im dunklen Wasser.

»Das war knapp.« Fritz wischte sich die Schweißperlen von der Stirn. Jetzt erst bemerkte er, dass er den Hebel noch in der Hand hielt. »Oh, oh.«

Bevor er seinen Onkel fragen konnte, was er jetzt tun sollte, ertönte ein ohrenbetäubendes *RRRRUMMMMMS!*. Die *Berta* wurde so durchgeschüttelt, dass Fritz erneut ins Taumeln geriet und sich gerade noch am Armaturenbrett festhalten konnte.

Darauf folgte gespenstische Stille. Weder das Tuckern des Motors noch das Piepen des Kontrollpaneels waren zu hören. Fritz schluckte. Das verhieß nichts Gutes. »Klaus?«, fragte er unsicher.

Keine Antwort. Stattdessen erlosch das Licht im Innenraum des U-Boots.

»Lena?«

»Komm schnell hier rüber!« Seine Schwester klang irgendwie komisch. »Mit Klaus stimmt was nicht … ich glaub, er ist bewusstlos!«

Fritz tastete sich langsam durch die Dunkelheit in die Richtung, aus der Lena gerufen hatte. Da leuchtete etwas auf – die Taschenlampe von Lenas Handy. Lena kauerte am Boden und beugte sich über ihren Onkel, der alle viere von sich streckte. Bei dem Anblick blieb Fritz beinahe das Herz stehen. »Oh nein! Ist er …?«

»Nein, aber er hat sich den Kopf gestoßen. Er blutet.« Sie deutete auf eine kleine Wunde an Klaus' Stirn. Zum

Glück atmete er ruhig und gleichmäßig, doch fürs Erste war er ausgeknockt.

»Was ist überhaupt passiert?«, fragte Fritz.

»Wenn ich das wüsste!« Lena seufzte. »Ich vermute, wir sind durch unser Ausweichmanöver mit irgendwas kollidiert, das die *Berta* beschädigt hat. Jedenfalls ist die gesamte Elektronik ausgefallen.«

»So ein Mist!«

»Das kannst du laut sagen.«

»Denkst du, man kann es reparieren?«

Lena warf ihm einen zweifelnden Blick zu. »Vielleicht, aber dazu brauchen wir Klaus.« Sie klopfte ihrem Onkel auf die Wange. »He, Klaus, aufwachen!« Er rührte sich nicht. »Vielleicht hat er eine Gehirnerschütterung.«

Fritz spürte Panik in sich aufsteigen. »Ich dachte, du bist so ein Technikgenie! Mach doch irgendwas!«

»Sei mal still, Fritz! Hörst du das?«

Beide hielten den Atem an. Zuerst hörte Fritz gar nichts. Doch dann vernahm er ein leises Gurgeln, das aus dem Bauch des U-Boots zu kommen schien. »Was ist das?«

»Keine Ahnung, aber es klingt nicht gut«, flüsterte Lena.

Fritz lief ein Schauer über den Rücken, und seine Zehen fühlten sich ganz kalt an. Kalt und … ziemlich nass. »Oje, bitte nicht!« Er ging in die Knie und berührte den

Boden des U-Boots. Leider stimmte seine Befürchtung. »Das ist Wasser!«

Im Lichtschein sah er, wie sich Lenas Augen vor Angst weiteten. »Wasser IM U-Boot? Du meinst, wir … wir haben ein Leck?«

Fritz wünschte sich sehnlichst, dass er sich irrte und es irgendeine andere Erklärung für das einströmende Wasser gab. Aber sein Gefühl sagte etwas anderes.

Das gurgelnde Geräusch wurde immer lauter, und bald stand Fritz bis zu den Knöcheln im Wasser. Zitternd tastete er nach dem Kontrollpaneel. »Wie war das noch mal? Erst den roten Knopf drücken, dann am Rad drehen, und innerhalb von zwei Sekunden den Hebel …« Da fiel ihm wieder ein, dass der Hebel abgebrochen war. »Oh nein, wir sind echt erledigt.« Ihm wurde schwindelig.

Während Lena noch immer verzweifelt versuchte, Klaus zu wecken, lehnte sich Fritz an das Armaturenbrett, damit er nicht umkippte. Ihre Lage war völlig aussichtslos. Sie befanden sich fünfhundert Meter unter der Meeresoberfläche, ihr U-Boot war kaputt und hatte ein Leck. Und der Einzige, der sich mit dem Ding auskannte, war ohnmächtig. Sie würden alle drei jämmerlich ertrinken.

Bei diesem Gedanken schossen Fritz die Tränen in die Augen. Er würde seine Eltern nie wiedersehen! Und wer würde sich um Hildegard kümmern, wenn er nicht nach Hause kam? Seine Kehle fühlte sich an wie zugeschnürt.

Langsam rutschte Fritz zu Boden. Das Wasser durchnässte seine Jeans, doch das merkte er kaum. Tränen rannen ihm über die Wangen und tropften auf sein T-Shirt. Durch das Bullauge blickte er in das nachtschwarze Wasser.

Auf einmal tauchte ein grünlicher Schimmer das Innere des U-Boots in gespenstisches Licht. Es wirkte wie in einem Gruselfilm. In den Filmen wurde der Held meistens in letzter Sekunde gerettet, aber darauf konnten sie wohl nicht hoffen. Fritz spürte, dass er am ganzen Körper zitterte.

Das Leuchten wurde stärker, als näherte es sich ihrem U-Boot. Fritz blinzelte. Wo kam denn hier unten Licht her? War das andere U-Boot etwa zurückgekehrt?

In diesem Moment hörte er ein Scheppern, und das U-Boot schien sich zu bewegen. Was war da los?

Das Rauschen wurde stärker. Der Wasserpegel im Innern stieg spürbar an. Da hörte er eine helle Stimme rufen.

»Hallo?«

Dann erklang ein Geräusch, als ob sich etwas durchs Wasser bewegte.

Auch Lena hatte es gehört und richtete sich auf. »Da ist jemand im Boot!«

»Hallo?«, rief die Stimme erneut. Sie kam Fritz äußerst bekannt vor. »Fritz? Lena?«

Das grüne Licht wurde noch heller, und auf einmal sah er vor sich eine Gestalt. Sie hatte strähniges blondes Haar, trug zerrissene Jeans und ein viel zu großes T-Shirt. Und sie war von Kopf bis Fuß durchnässt.

Fritz konnte es nicht fassen. »Mari!«

Ihre türkisgrünen Augen waren auf ihn gerichtet, als sie sich mühelos durch das stehende Wasser bewegte.

»W… was machst du –?«

Sie ergriff seinen Arm. »Los, wir haben keine Zeit zu verlieren!«

# Wie Fische im Wasser

Fritz hatte das Gefühl, in einem völlig abgefahrenen Film gelandet zu sein.

Zuerst hatte Mari ihm und Lena einige bunte Kügelchen in die Hand gedrückt. »Hier, kaut das. Dann braucht ihr keine Angst mehr vor dem Wasser zu haben.«

Fritz wunderte sich zwar, dass ausgerechnet Kaugummi in ihrer Situation helfen sollte, aber ihr Ton war so bestimmt, dass er es nicht wagte nachzufragen. Er steckte sich die Kügelchen in den Mund und kaute darauf herum. Der Geschmack erinnerte ihn an Obstsalat.

Als Nächstes war Mari zu Klaus geeilt und hatte sich über ihn gebeugt. Fritz konnte nicht sehen, was sie da tat, aber wenige Sekunden später regte sich sein Onkel und rieb sich den Kopf. »Aua, mein Schädel … Was zum Teufel ist denn passiert?«

»Kauen Sie das, dann geht es Ihnen gleich besser.« Mari reichte auch ihm ein paar der merkwürdigen Kaugummis.

Fritz konnte nicht genau sagen, was geschah, aber bald fühlte sich das Wasser an seinen Beinen nicht mehr kalt und bedrohlich, sondern wohlig warm an, fast wie Sonnenstrahlen auf seiner Haut an einem warmen Sommertag.

»Es ist wichtig, dass ihr mir jetzt vertraut«, hörte er Maris Stimme sagen. »Ich verspreche euch, dass ihr unversehrt hier rauskommen werdet. Aber ihr müsst tun, was ich euch sage, und vor allem dürft ihr nicht in Panik geraten.«

Fritz, Lena und Klaus nickten mechanisch.

»Ich werde jetzt gleich die Luke öffnen, das heißt, es wird sehr viel Wasser hereinfließen. Auch wenn euch das Angst macht – atmet einfach ganz normal weiter. Die O2-Gums versetzen Menschen in die Lage, für gewisse Zeit unter Wasser zu überleben. Und dann müsst ihr mir einfach nur hinterherschwimmen.«

Auch wenn sein Verstand ihm sagte, dass das, was Mari da behauptete, absolut unmöglich war, spürte Fritz, dass sie die Wahrheit sagte. So oder so war es die einzige Chance, die sie hatten. Das Wasser stand inzwischen hüfthoch in dem Boot.

Behände kletterte Mari die Leiter empor und öffnete die Luke. Aber obwohl Fritz binnen Sekunden bis zum Hals im Wasser stand, fürchtete er sich nicht. Er atmete weiter, so wie Mari es gesagt hatte. Bald war der komplette Innenraum des U-Boots geflutet, und sie befanden sich vollständig unter Wasser. Doch seltsamerweise kam es ihm ganz natürlich vor – er hatte keinerlei Schwierigkeiten zu atmen und konnte auch klar sehen und hören. Vorsichtig bewegte Fritz seine Arme und Beine im Wasser. Es war ein bisschen wie beim Schwimmen im Schwimmbad, nur viel besser. Er fühlte sich beinahe schwerelos und so sicher, als hätte er nie etwas anderes getan. Seine Angst war wie weggeblasen. Er warf einen Blick zu Lena und Onkel Klaus, die ebenfalls ihre neu erworbenen Fähigkeiten ausprobierten.

»Höchst beeindruckend«. Klaus bestaunte seine Hände wie das achte Weltwunder. »Und das ganz ohne Schwimmflossen und Kiemen! Du musst mir unbedingt verraten, was das für eine Substanz ist, Mädchen. Das ist eine wissenschaftliche Sensation.«

»Jaja, das klären wir später«, sagte Mari etwas ungeduldig. »Wir sollten jetzt wirklich los.«

»Aber was ist denn mit meinem U-Boot?«, protestierte Klaus.

Mari sah ihn mitleidig an. »Ich fürchte, Sie werden ein neues bauen müssen. Es ist gegen ein Riff geprallt und hat am Bug ein riesiges Loch. Es ist so groß, dass ich einfach durchschwimmen konnte. Tut mir leid … okay, macht euch bereit zum Auftauchen. Wir schwimmen erst durch die Luke raus und dann nach Süden Richtung Küste. Folgt mir.«

Es war unmöglich zu sagen, wie viel Zeit vergangen war, seit sie das havarierte U-Boot hinter sich gelassen hatten. Der Weg zurück war noch viel spektakulärer als ihre Tauchfahrt mit der *Berta*. Auch ohne Scheinwerfer konnten sie jetzt deutlich mehr sehen. Alles war in türkisgrünes Licht getaucht, als würde das Meer selbst leuchten. Vieles, was im Verborgenen gelegen hatte, schien sich nun zu offenbaren, und Fritz war, als hörte er von überallher leise Musik – ein sanftes Klingen von Glöckchen, das sich mit Tausenden leiser Stimmen zu einer zauberhaften Melodie verband.

Während sie mit kräftigen Schwimmzügen schnell vorankamen, bestaunte Fritz die Fische und Meerestiere, die ihnen begegneten. Einige bunte Quallen schwebten dicht vor seinem Gesicht. Sie bewegten sich langsam und anmutig, als würden sie zu den Klängen tanzen. Ein blau-grün gestreifter Fisch, der mindestens genauso groß war wie Fritz und eine Art grünen Hahnenkamm auf dem

Kopf trug, schwamm an ihnen vorbei und stieß einen Schwall Luftblasen aus.

»Wow, so einen Fisch habe ich ja noch nie gesehen. Der sieht echt super aus!«, rief Fritz.

»Danke schön«, sagte der Fisch mit einer tiefen Stimme und nickte ihm zu.

Fritz hielt inne. Das war alles zu verrückt, um wahr zu sein. »Habt ihr das gerade gehört?«

Lena war sprachlos, was außerordentlich selten vorkam. Sie starrte dem Fisch hinterher und schüttelte ungläubig den Kopf.

Klaus hingegen ärgerte sich darüber, dass er weder seine Kamera noch die Unterwasserdrohne mitgenommen hatte, um alles zu filmen. »Können wir nicht noch mal zurückschwimmen?«, fragte er Mari. »Bitte! Dann könnte ich wenigstens die Drohne retten, die funktioniert bestimmt noch.«

Mari zog eine Augenbraue hoch. »Glauben Sie mir, es wäre nicht gut für Sie, wenn Sie damit an die Öffentlichkeit gingen.«

»Aber –«

»Außerdem sind wir schon da!«

Über ihnen war es merklich heller geworden, und nur wenig später durchbrachen sie die Wasseroberfläche.

Fritz brauchte einige Sekunden, um sich zu orientieren. Das Erste, was er sah, war eine Metallleiter, die aus dem

Wasser führte. Sie befanden sich in einer Art Becken. Der Raum um sie herum war grün gekachelt und hatte große Seitenfenster, durch die Sonnenlicht fiel. Fritz blinzelte. »Sind wir etwa … in einem Schwimmbad?«

Mari, die bereits aus dem Becken geklettert war, schnappte sich gerade ein Handtuch von einem Wandhaken. »Der Kandidat gewinnt hundert Gummientenpunkte. Das hier ist mein eigener Pool – mit direktem Zugang zum Meer. Herzlich willkommen in meiner bescheidenen Hütte.«

Sie machte eine einladende Handbewegung. »Eigentlich hatte ich euch ja erst morgen erwartet, seid mir also nicht böse, dass ich keinen Kuchen gebacken habe.« Sie grinste.

Fritz, Lena und Klaus kletterten aus dem Wasser, und Mari reichte jedem ein Handtuch.

Jetzt erst merkte Fritz, wie kalt ihm war. Dankbar kuschelte er sich in den dicken Frotteestoff.

»Klamotten zum Wechseln habe ich oben«, sagte Mari. »Ich denke, dass euch beiden meine Sachen passen müssten. Und für Sie …«, sie warf einen Blick zu Klaus, »müssen wir sehen, was Olfs Kleiderschrank so hergibt.«

Wenig später saßen Fritz und Lena in viel zu weiten T-Shirts und zerrissenen Jeans auf einer riesigen blauen Couch und schlürften heißen Kakao. Das Haus von Mari und ihrem Großvater war eher eine Villa und komplett in Grün- und Blautönen eingerichtet.

Klaus, der Schlaghosen und ein giftgrünes Batikshirt trug, hatte es sich auf einem Schaukelstuhl bequem gemacht. Mari hatte die Wunde an seiner Stirn mit einer grünlichen Paste behandelt.

Olf, der sich über die Anwesenheit der drei Fremden überhaupt nicht zu wundern schien, reichte ihm gerade eine Tasse Kräutertee. »Bitte sehr, meine Spezialmischung mit Seetang. Das ist sehr gesund und hält jung. Damit können Sie über hundert werden.«

Fritz hatte kurz den Eindruck, dass er Mari dabei zuzwinkerte. Vielleicht hatte er sich aber auch getäuscht. Er lehnte sich in die weichen Polster des Sofas zurück. Es war so gemütlich, dass er am liebsten gar nicht mehr aufstehen wollte. Seine Arme und Beine schmerzten, und er fühlte sich so müde wie schon lange nicht. Er hätte an Ort und Stelle einschlafen können.

Klaus schien es ähnlich zu gehen. Er hatte kaum drei Schlucke seines Tees getrunken, als er auch schon zur Seite kippte und zu schnarchen begann.

»So, das Problem wäre erledigt«, sagte Mari mit einem Blick auf Klaus. »Er wird frühestens in drei Stunden wieder aufwachen.«

Lenas Augen weiteten sich. »Ihr habt ihm was in den Tee getan?«

Mari nickte. »Nur ein bisschen Seeigel-Gift.«

»Seid ihr irre?« Lena sprang auf. »Ihr könnt doch nicht einfach unseren Onkel vergiften!«

Fritz verschluckte sich an seinem Kakao und hustete. Plötzlich war er hellwach. Wie konnte Mari so etwas tun? Was, wenn Klaus nicht mehr aufwachte?

Olf hob beschwichtigend die Hände. »Keine Sorge, in der geringen Dosis ist es nicht schädlich. Die halluzinogene Wirkung tritt erst ab etwa einem Esslöffel ein. Euer Onkel wird morgen etwas Kopfweh haben und sich vielleicht über wirre Träume mit tanzenden Nilpferden beschweren, aber davon abgesehen, wird es ihm nicht schaden.«

»Das Zeug macht nur extrem müde und verursacht leichten Gedächtnisverlust«, erklärte Mari. »Er wird sich an die letzten zwölf Stunden nicht erinnern können.« Sie sah Fritz und Lena mit ihren türkisgrünen Augen an. »Es tut mir echt leid, aber dass euer Onkel dabei ist, war nicht Teil des Plans. Und ich kann auf keinen Fall riskieren, dass er etwas von dem mitbekommt, was ich euch gleich erzählen werde.«

# Die Wahrheit

Nachdem Fritz und Lena sich vergewissert hatten, dass es Klaus gut ging – ein seliges Lächeln lag auf seinen Lippen, vielleicht träumt er wirklich von Nilpferd-Walzern –, warteten sie gespannt, was Mari erzählen würde. Olf war in der Küche verschwunden, um seinen »Spezial-Apfelkuchen«, wie er ihn nannte, zu backen. Fritz hoffte nur, dass kein Seeigel-Gift darin war.

»Ihr habt sicher viele Fragen«, begann Mari. »Also schießt los.«

»Allerdings.« Lena hatte die Beine übereinandergeschlagen und wippte ungeduldig mit dem Fuß. »Meine erste Frage ist, wieso du sofort zur Stelle warst, als unser U-Boot leckgeschlagen ist. War das etwa *euer* Monster-U-Boot, das uns um ein Haar gerammt hätte?«

Mari zog die Augenbrauen zusammen, und ihr Blick verfinsterte sich. »Nein. Das Ding gehört Gregor Hümmerlein.«

Fritz hatte es bereits vermutet, nachdem sie kurz davor dem *Hümmerlein*-Forschungsschiff begegnet waren. »So eine Frechheit! Wir sollten den Kerl anzeigen.«

Mari lachte verächtlich. »Glaub mir, das wird ihn nicht sonderlich interessieren. Der Typ geht über Leichen und hat genug Anwälte, die ihn wieder rausboxen. Meine Leute schlagen sich schon seit Jahren mit ihm herum, aber er lässt uns einfach nicht in Ruhe. Im Gegenteil. Seine automatischen U-Boote kommen unserer Stadt immer näher.«

»Wer sind denn ‚deine Leute'?«, fragte Fritz, der es vor Neugier nicht mehr aushielt.

»Die Einwohner von Almaris«, antwortete Mari.

»Almaris? Noch nie gehört. Wo soll das sein?«, fragte Lena skeptisch.

»Es liegt zwanzig Kilometer entfernt von hier, tausend Meter unter dem Meeresspiegel.«

»Blödsinn, du verkohlst uns doch!« Lena konnte einfach nicht aus ihrer Haut.

Fritz stieß sie mit dem Ellbogen an. »Jetzt sei nicht so unfreundlich, sie hat uns schließlich gerettet. Allein das ist doch Beweis genug, dass sie die Wahrheit sagt.«

»Hmm«, machte Lena nur.

»Das Volk der Almarer lebt seit ungefähr dreihundert Jahren dort, es ist also eine relativ junge Stadt«, fuhr Mari fort. »Gegründet wurde sie von einem ehemaligen Bewohner von Atlantis, zumindest erzählt man sich das.«

»Nicht schon wieder Atlantis!« Lena verdrehte die Augen. »Das ist doch nur ein Werbegag von unserem Bürgermeister.«

Mari zuckte mit den Schultern. »Wir in Almaris können uns auch Besseres vorstellen, als mit den Atlantern verglichen zu werden. Die sind so was von rückständig!«

»Willst du damit sagen, dass Atlantis tatsächlich existiert?« Fritz rutschte an die Kante des Sofas.

»Ja, aber von uns weiß auch keiner so genau, wo es eigentlich liegt. Manchmal kommen Post-Irrläufer bei uns an. Mein Vater regt sich ständig darüber auf, wie viel Geld die Königin von Atlantis für Beleuchtung und neue Klamotten ausgibt. Und über uns schimpfen sie, weil wir angeblich zu viel in moderne Kommunikations- und Transportmittel investieren.« Sie seufzte.

»Ist dein Vater der König von Almaris?«, fragte Fritz.

»Ja, aber er mag diesen Titel nicht besonders. Er legt großen Wert auf die Mitbestimmung des Volkes.«

»Das heißt, du bist tatsächlich eine Prinzessin?« Nun siegte auch Lenas Neugier über ihr Misstrauen.

Mari verzog das Gesicht. »Bei ‚Prinzessin' muss ich immer an Krönchen und Rüschenkleider denken. Aber ja, es ist wohl die korrekte Bezeichnung.«

Fritz war beeindruckt. Er hatte noch nie eine echte Prinzessin kennengelernt.

»Dann stimmt es also, was Hildegard erzählt hat«, sagte er und warf einen Blick in Lenas Richtung.

»Ja, die Tiere aus Almaris haben eine besondere Verbindung zur Stadt«, erklärte Mari. »Unsere Schildkröten sind sehr weise, viele von ihnen besitzen seherische Fähigkeiten. Deshalb arbeiten sie häufig als Orakel.«

Lena sah tatsächlich beeindruckt aus – zumindest schien ihr kein bissiger Kommentar einzufallen.

»Almaris ist anders, als ihr euch eine Unterwasserstadt wahrscheinlich vorstellt«, fuhr Mari fort. »Wir Almarer leben nicht in halb verfallenen Seetang-behangenen Bauten, und wir haben auch keine Fischschwänze.«

»Und ich dachte, du verwandelst dich in eine Meerjungfrau, sobald du mit Wasser in Berührung kommst«, sagte Lena spöttisch. Sie konnte es offenbar doch nicht lassen.

Mari schnitt eine Grimasse. »Wir sehen eigentlich

ziemlich genauso aus wie ‚normale' Menschen – wenn man von Olf einmal absieht.«

»Dein Opa ist schon etwas schräg drauf, oder?«, fragte Fritz vorsichtig.

»Das kannst du laut sagen. Er hat ein Problem mit dem Älterwerden und wäre gern noch mal hundert«, sagte Mari. »Allerdings ist er gar nicht wirklich mein Opa, sondern so etwas wie mein Leibwächter. Mein Vater hat darauf bestanden, dass er mich begleitet. Als ob ich einen Babysitter bräuchte!« Sie verdrehte die Augen.

»Aber warum denn eigentlich? Was habt ihr hier in Einöd vor?«, wollte Fritz wissen. »Hildegard hat davon gesprochen, dass die Prinzessin – also du – in Sicherheit gebracht werden musste. Hat es etwas damit zu tun?«

»Teilweise. Vor Kurzem ist uns der Aquamarin von Almaris abhandengekommen. Der Stein ist für den Schutzzauber unserer Stadt notwendig. Almaris ist zwar auch ohne ihn gut versteckt, aber jetzt können unerwünschte Besucher leichter hineingelangen«. Mari schloss für einen Moment die Augen. »Runa, unser Orakel, hat prophezeit, dass mir etwas Schlimmes widerfahren würde, wenn ich mich weiterhin in Almaris aufhielte. Mein Vater war völlig aus dem Häuschen. Er hat natürlich sofort eine große Suchaktion gestartet, aber der Stein blieb verschwunden. Deswegen hat er beschlossen, dass ich hier in Einöd vorerst sicherer aufgehoben bin. Er hält die

Menschen nicht für die Fische mit der hellsten Laterne, falls ihr versteht, was ich meine. Kein Wunder, bei den ganzen Hohlpiepen, die hier ständig herumschnorcheln.«

»Und hast du einen Verdacht, wo der Aquamarin sein könnte?«, fragte Lena, die inzwischen Feuer gefangen hatte.

»Runa hütet den Aquamarin wie ihren Augapfel. Ich glaube deshalb, dass ihn jemand gestohlen hat.«

»Das klingt ja echt spannend. Und viel cooler als dieser ganze Atlantis-Kram«, meinte Lena.

»Ja, aber warum hat Hildegard gesagt, dass du unsere Hilfe brauchst?«, fragte Fritz.

Mari lächelte. »Ich habe natürlich nicht vor, hier einfach herumzusitzen und Däumchen zu drehen. Ich will rausfinden, wer den Stein genommen hat und was er damit vorhat.«

»Und was genau sollen wir tun?«, fragte Lena.

Mari hob die Schultern. »Wenn ich das wüsste. Das Problem mit Runas Prophezeiungen ist leider, dass sie meistens ziemlich verschwurbelt sind und man jedes Mal rätseln muss, was sie überhaupt meint. Ich vermute ja, das liegt daran, dass sie einfach zu viele Schnapspralinen futtert und es langsam Zeit für ein neues Orakel wird, aber mein Vater lässt nichts auf sie kommen.«

»Sie konnte euch also nicht sagen, wie ihr den Stein wiederfindet?«

»Natürlich nicht. Aber ich habe eine Idee, und ich würde mich freuen, wenn ihr mich begleitet. Vorausgesetzt, ihr habt nach dem Abenteuer heute nicht schon genug vom Tauchen.«

Maris Vorhaben klang äußerst waghalsig: Mithilfe der Zwillinge wollte sie in die geheime Bibliothek von Almaris gelangen, um dort Nachforschungen über den Aquamarin anzustellen. Kein leichtes Unterfangen, da den Schlüssel zur Bibliothek niemand anderes als das Orakel hütete.

»Und was passiert, wenn dich jemand sieht?«, fragte Lena.

»Außer Runa und den engsten Mitarbeitern meines Vaters weiß niemand, dass ich weg bin«, erklärte Mari. »Es war eine streng geheime Aktion bei Nacht und trübem Wasser.«

»Okay, aber wird das Orakel nicht spüren, dass du wieder dort bist?«

Mari kicherte. »Sagen wir mal so, unser Orakel ist zwar grundsätzlich recht treffsicher mit seinen Aussagen, allerdings ist sie manchmal etwas spät dran damit. Sie hat meinem Vater zum Beispiel neulich prophezeit, dass er keine gute Algenernte einfahren würde – das war allerdings eine Woche, *nachdem* alle Algen verwelkt waren. Olf hatte mal wieder vergessen, sie zu düngen.«

Lena grinste.

»Trotzdem dürfen wir Runa nicht unterschätzen«, meinte Mari. »Sie beherrscht mächtige Zauber. Und wenn sie Wind davon bekommt, dass wir uns eingeschlichen haben, wird sie sofort Alarm schlagen.«

Sie vereinbarten, dass Lena das Orakel in ein Gespräch verwickeln sollte, während Fritz den Schlüssel besorgte.

»Und was, wenn jemand merkt, dass wir gar nicht nach Almaris gehören?«, wollte Fritz wissen.

»Kein Problem! Wenn uns jemand fragt, behaupten wir einfach, ihr seid die Nichte und der Neffe des Königs aus der Nachbarstadt Kalamaris. Vertraut mir, der Plan ist wasserdicht.«

# Auf nach Almaris

Der Rest des Tages war ziemlich unaufgeregt verlaufen. Klaus, der noch immer ziemlich groggy war, war von Olf auf dessen Motorrad nach Hause gefahren worden. Die Zwillinge hatten mit Mari noch ein wenig Monopoly in der Almaris-Edition gespielt, bevor auch sie wieder zurück zum Haus ihres Onkels gegangen waren.

Als Lena und Fritz sich am nächsten Morgen auf den Weg zu Maris Haus machten, lag Klaus auf dem Sofa und presste sich eine Packung Tiefkühlerbsen gegen die Stirn. Die Platzwunde war verschwunden. Nur wenn man ganz genau hinsah, konnte man eine winzige rote Stelle erkennen.

»Mannomann, hab ich 'nen Schädel«, stöhnte er. »Ich

kann mich gar nicht erinnern, so viel getrunken zu haben.«

Genauso wenig konnte er sich an ihren Ausflug vom Samstag erinnern – zum Glück. Er war der festen Überzeugung, den ganzen Tag verschlafen zu haben. »Ich hatte vielleicht ’nen irren Traum. Eine Meerjungfrau kam auch drin vor!«

Lena hob die Augenbrauen. »Bestimmt war deine Meeresfrüchte-Pizza schlecht. Manche Muscheln können Wahnvorstellungen auslösen, hab ich gehört.«

Klaus’ Antwort war nur ein Brummen, er war schon wieder am Wegdösen. Was er wohl sagen würde, wenn er feststellte, dass sein U-Boot verschwunden war? Die *Berta* war sein ganzer Stolz gewesen … Aber sie hatten jetzt keine Zeit, sich darüber Gedanken zu machen.

Fritz und Lena konnten es gar nicht erwarten, nach Almaris aufzubrechen. Mari schien es ähnlich zu gehen. Die Zwillinge hatten kaum die Gartenpforte hinter sich geschlossen, als sie auch schon die Haustür aufriss. Sie hatte einen Rucksack und ein kleines blaues Döschen in der Hand. »Seid ihr bereit für das Abenteuer eures Lebens?«

»Na klar!«, rief Fritz, obwohl er sich insgeheim fragte, worauf sie sich da eingelassen hatten.

Sie liefen durch einen langen Flur, dessen Tapete mit einem Wellenmuster bedruckt war.

Fritz staunte immer wieder, wie riesig die Villa war. »Und das ist wirklich dein eigenes Haus?«

Mari nickte. »Ich habe es geerbt. Soweit ich weiß, gehörte es meiner Urgroßtante. Wir haben es nur ein bisschen aufgemotzt.« Sie zwinkerte den Zwillingen zu.

Aus dem blauen Döschen nahm sie ein paar O2-Gums und reichte sie Fritz und Lena. Während sie die Kaugummis kauten, erklärte Mari: »Man kann damit maximal zwölf Stunden unter Wasser bleiben. Wir sollten uns also nicht unnötig aufhalten. Aber ihr müsst ja heute Abend sowieso wieder zurück bei euren Eltern sein.«

Im Erdgeschoss angekommen, betrachtete Fritz fasziniert den Pool. »Von außen sieht es aus wie ein ganz normales Schwimmbad.«

»Der Boden ist verzaubert. Man kann von hier nicht sehen, dass direkt darunter das Meer ist. So ähnlich wie bei einem Polizeispiegel im Fernsehen«, sagte Mari. »Als wir hier ankamen, mussten wir über den Balkon einsteigen, weil Olf den Schlüssel verschlampt hatte. Dabei hat uns der alte Leuchtturmwärter gesehen, und ich musste ihm leider eine Ladung Seeigel-Gift verpassen. Deshalb haben wir uns den Trick mit dem Becken ausgedacht. So kommt man ins Meer und zurück und muss sich keine Sorgen um neugierige Beobachter machen.«

»Aber darfst du überhaupt raus aus Einöd?«, wollte Lena wissen. »Was sagt Olf denn dazu, dass du mit uns einen Ausflug nach Almaris machen willst?«

Mari lachte. »Ich hab ihm erzählt, dass ich mir mit euch das Atlantis-Museum anschaue. Das hat er geglaubt.«

»Hat er nicht den Auftrag bekommen, auf dich aufzupassen?«, fragte Fritz.

»Olf ist ziemlich faul und macht nur das Allernötigste. Er lümmelt lieber vorm Fernseher, mampft Seetangkekse und zieht sich Sitcoms auf Netflix rein. Das haben wir in Almaris nämlich nicht.«

»Gut für dich!« Lena grinste.

»Das kannst du laut sagen. Ich hatte zuerst Angst, dass er Günther entdecken könnte, aber er kommt nicht mal auf die Idee, in meinem Zimmer herumzuschnüffeln.«

»Wer ist denn Günther?«, erkundigte sich Fritz, der das Gefühl hatte, den Namen schon einmal gehört zu haben.

Mari kramte in ihrem Rucksack und förderte ein kleines stacheliges Etwas zutage.

Natürlich! Es war der Seeigel, den sie in der Schule dabeigehabt hatte.

»Darf ich vorstellen? Günther, mein Haustier und bester Kumpel. Günther, das sind Fritz und seine Schwester Lena.«

Das winzige Stachelwesen bekam einen Hustenanfall

und spuckte eine rote Staubwolke aus. »Pfui Spinne, Mari! Musstest du unbedingt den Rucksack von Olf nehmen? Hier drin stinkt es bestialisch. Dieser Schwachmat hat versucht, Korallenpulver als Wundermittel auf eBay zu verticken. Ist übrigens gründlich in die Hose gegangen.«

Jetzt drehte sich der Seeigel in Maris Hand und schaute aus großen Kulleraugen die Zwillinge an. Er sah ziemlich niedlich aus. »Soso, das sind also deine neuen Freunde, wegen denen du mich sträflich vernachlässigst.«

»Ich vernachlässige dich doch nicht!«, protestierte Mari.

»Und wieso hast du mich dann zuerst in der Schule und später im Toiletten-Spülkasten eingesperrt?«

»Weil ich sichergehen wollte, dass Olf dich nicht findet.«

»Pah. Dafür weiß ich jetzt mehr über den, als mir lieb ist.« Der Seeigel hustete demonstrativ. »Diese Korallen schmecken echt sch…recklich.«

»Sorry.« Mari steckte ihm ein paar grüne Flocken zu, die der Seeigel wohlig schmatzend verspeiste. »Algenchips mag er total gern«, erklärte sie, an Fritz und Lena gewandt.

»Er ist echt süß, aber auch ganz schön frech.« Fritz grinste und überlegte, wie sich Günther wohl mit Hildegard verstehen würde.

»Wollt ihr hier Wurzeln schlagen, oder wie sieht's aus?«, krächzte Günther, als er fertig war.

Mari schulterte ihren Rucksack. »Ich denke, wir sind startklar, oder?«

Fritz und Lena nickten. In Fritz' Magengegend breitete sich ein kribbeliges Gefühl aus. Zwar konnte er es kaum erwarten, die Unterwasserstadt kennenzulernen, doch er hatte auch ein bisschen Angst. Was, wenn Maris Plan nicht aufging? Oder noch schlimmer, wenn sie dabei erwischt wurden? Fritz schob den Gedanken beiseite. Mari war schließlich ihre Freundin, und sie brauchte ihre Hilfe.

»Na dann, auf nach Almaris!«, sagte Mari und sprang in den Pool. Fritz und Lena folgten ihr.

Genau wie gestern hatte Fritz das Gefühl, nie etwas anderes getan zu haben, als im Meer zu tauchen. Das türkisgrüne Licht, die sanfte Melodie und all die farbenfrohen Meereskreaturen, die ihnen begegneten – Fritz fühlte sich wohl wie ein Fisch im Wasser, und diesmal war er es, der sich ein wenig darüber ärgerte, keine Kamera mitgenommen zu haben.

»Das glaubt uns doch kein Mensch!«, sagte er zu Lena.

»Das ist auch besser so«, warf Mari ein. »Almaris

muss streng geheim bleiben. Stellt euch mal vor, was los wäre, wenn die falschen Leute davon erfahren würden. Leute wie euer Bürgermeister zum Beispiel.«

Fritz nickte. Herr Hasenknopf würde bestimmt ein Riesen-Brimborium veranstalten, nur um noch mehr Touristen nach Einöd am Meer zu locken.

Als sie am Wrack des U-Bootes vorbeischwammen, hatte Fritz einen Kloß im Hals. Die Erinnerung an gestern, als sie nur knapp einem schlimmen Schicksal entronnen waren, war sofort wieder da.

»Woher wusstest du eigentlich, dass wir in Gefahr sind?«, fragte er Mari. »Kannst du etwa auch hellsehen?«

»Nicht direkt, aber wir Almarer haben für solche Dinge einen siebten Sinn. Wenn es einem Freund schlecht geht, spüren wir es. Und da alle Meereslebewesen miteinander verbunden sind, konnte ich schnell rausfinden, wo ihr seid.«

Ein warmes Gefühl breitete sich in Fritz' Bauch aus. Sie hatte ihn einen Freund genannt!

Kurz darauf erreichten sie ein großes Riff. Prächtige Korallen in allen Formen und Farben wuchsen darauf, und kleine und große Fische schwammen emsig umher. Fritz glaubte sogar, hinter den Ästen einer Koralle eine Muräne zu entdecken.

»Wir sind gleich da«, verkündete Mari und deutete auf ein Loch im Riff, das gerade so groß war, dass ein Mensch hindurchpasste. Ein schlanker Mensch zumindest – jemand wie Frau Maus würde vermutlich stecken bleiben. Man konnte nicht erkennen, wie tief das Loch war oder was darunterlag. Es schien nur aus Schwärze zu bestehen, die das grüne Meereslicht verschluckte.

»Sieht aus wie ein Höllenschlund. Und da sollen wir durch?«, fragte Lena skeptisch.

»Bingo. Das ist der schnellste Weg nach Almaris.«

»Und wer garantiert uns, dass du uns nicht in eine Falle locken willst?« Lena konnte einfach nicht raus aus ihrer Haut.

Mari seufzte. »Das wäre eine ganz schön aufwendige Aktion, oder? Wenn ich euch zu Frikadellen verarbeiten wollte, hätte ich euch gestern schon schnappen können, als ihr sowieso in der Tinte saßet. Außerdem bin ich Vegetarierin.«

»Na gut. Aber wohin führt das Loch? Ich find's ein bisschen gruselig, einfach ins Dunkle zu schwimmen.«

»Buhuu, jetzt macht euch mal nicht in die Hosen, ihr Waschlappen!«, spottete Günther, der ungeduldig im Zickzack schwamm.

»Vertraut mir, es ist nur ganz kurz dunkel«, beruhigte Mari sie. »Kommt mit.«

Noch bevor Lena erneut protestieren konnte, war Mari

mit Günther in dem Loch verschwunden. Obwohl auch Fritz die Dunkelheit nicht behagte, schwamm er hinterher. Lena folgte ihm zögerlich.

Augenblicklich wurde es schwarz um sie herum. Man konnte buchstäblich nicht die Hand vor Augen sehen. Geschweige denn, wohin man schwamm. Hinter ihnen ertönte ein Poltern, als würde sich ein Tor schließen. Jetzt gab es wirklich kein Zurück mehr!

Hier drin war es nicht nur stockdunkel, sondern auch totenstill. Die leise Musik, die sie auf ihrem Weg bislang begleitet hatte, war nicht mehr zu hören.

Fritz streckte die Hände aus und ertastete etwas, das sich anfühlte wie eine Glasscheibe.

*»Luminaris«*, murmelte Mari, und in diesem Moment wurde es hell.

Sie befanden sich in einem zylindrischen Glaskasten, der von bunten Lämpchen beleuchtet wurde. Bei näherem Hinsehen erkannte Fritz, dass es kleine Quallen waren, die im Wasser schwebten.

»Sind wir in einem Aquarium?«, fragte er ungläubig.

Mari kicherte. »Nicht ganz.«

»Moin!«, sagte da eine nasale Stimme hinter ihnen.

Fritz drehte sich um und erblickte einen stattlichen Oktopus, der sich vor ihnen aufgebaut hatte. Er trug eine Schiebermütze, und in einem seiner langen Fangarme hielt er ein Pfeifchen.

»Guten Tag, Knut«, begrüßte Mari das Tier. »Wie geht's denn so?«

»Ging mir schon mal besser«, klagte der Oktopus. »Seit meine Perle mit einem Jüngeren durchgebrannt ist, schlafe ich furchtbar schlecht und vergesse alles Mögliche. Hab sogar wieder angefangen, Wasserpfeife zu rauchen.«

Er nahm einen tiefen Zug aus seiner Pfeife und ließ einen Schwall roter Blubberbläschen aufsteigen. »Sie hat mir das Herz gebrochen.«

»Das tut mir leid, Knut«, sagte Mari mitfühlend. »Aber du hast ja zum Glück noch zwei weitere Herzen.«

»Ach«, der Oktopus winkte ab, »die Frauenzimmer sind doch alle gleich. Ihr wollt nach Almaris, nehm ich mal an.«

»Du hast es erraten. Das sind Fritz und Lena, mein Cousin und meine Cousine aus Kalamaris.«

Der Oktopus zog mit einem Arm seine Mütze, während er den Zwillingen zwei seiner anderen Arme entgegenstreckte, um ihre Hände zu schütteln. »Sehr erfreut. Na, dann wollen wir mal.« Er machte sich daran, eine Ziffernkombination über ein Paneel einzutippen, das in die Glaswand eingelassen war. Es sah ein wenig aus wie die Tasten in einem Aufzug.

»Das ist ein Aqua-Transportator«, erklärte Mari. »Die sicherste und komfortabelste Art, nach Almaris zu reisen. Man muss bloß die Koordinaten eingeben.«

Knut nickte, während er seine Arme über die Tasten huschen ließ. »Da hat sich dein Paps nicht lumpen lassen. Das Ding fährt mit Wasserschallgeschwindigkeit. Ihr werdet Augen machen!«

»Das ist ja krass!«, rief Lena völlig aus dem Häuschen, und Fritz fügte geistesgegenwärtig hinzu: »So was haben wir in Kalamaris nicht.«

Als Knut fertig getippt hatte, setzte sich das Fahrzeug in Bewegung. Außer einem leichten Ruckeln spürte Fritz fast nichts. Vor der gebogenen Scheibe des Aufzugs zuckten bunte Blitze, und ein leises Rauschen war zu hören. Fritz konnte nicht einmal sagen, in welche Richtung sie sich bewegten. Günther machte derweil Jagd auf die Quallen und versuchte, sie mit seinen Stacheln zum Platzen zu bringen, was ihm allerdings nicht gelang.

Im nächsten Moment gab der Aqua-Transportator auch schon ein kurzes *Bing* von sich und hielt an.

»So, Leutchen, wir sind da«, verkündete Knut.

Fritz staunte. »Was, so schnell?«

»Modernste Technologie«, sagte Knut stolz. »Normalerweise hättet ihr für die Strecke mehrere Stunden gebraucht.«

Der Glasboden des Zylinders öffnete sich.

»Macht's gut, und bis bald!«, rief Knut und winkte ihnen mit seinen acht Armen hinterher, als sie hinausschwammen.

»Das war ja der Hammer!«, rief Lena begeistert und blickte zurück zu dem eigentümlichen Gefährt. Da verschwand es vor ihren Augen: Im einen Moment war es noch da und im nächsten weg – als hätte es sich in Luft, oder besser gesagt, in Wasser aufgelöst.

Doch die Fahrt im Aqua-Transportator war nichts gegen das, was direkt vor ihnen lag.

# Almaris

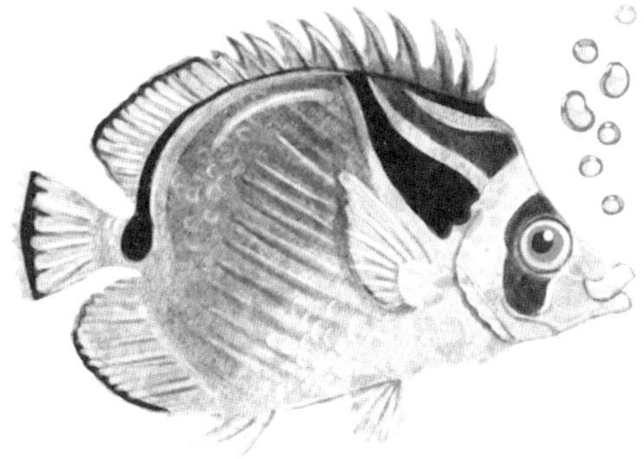

Das türkisgrüne Leuchten schimmerte jetzt noch viel intensiver als draußen im offenen Meer. Wenn Fritz sich richtig erinnerte, hatte Mari erzählt, dass Almaris in tausend Metern Tiefe lag. Es hatte unvorstellbar geklungen, dass sich hier eine richtige Stadt mit Bewohnern befinden sollte – und doch war das, was vor ihren Augen lag, Wirklichkeit. Fritz blieb die Spucke weg.

Der Aqua-Transportator hatte sie direkt über einem belebten Marktplatz abgesetzt. Hier gab es zahlreiche kleine Lädchen, zwischen denen Almarer hin- und herschwammen. Die meisten von ihnen sahen aus wie normale Menschen, aber einige hatten eine grünliche oder bläuliche Hautfarbe und fremdartige Tattoos. Um den

Marktplatz herum standen kuppelförmige Häuser in allen Größen und Farben. In der Ferne konnte Fritz ein besonders großes und prachtvolles Gebäude erkennen. Ob das der Palast war, in dem Mari normalerweise lebte?

Bunte Fahrzeuge, die wie Mini-Boote aussahen, zischten umher – nur dass sie hier unter Wasser fuhren. Bei näherem Hinsehen erkannte Fritz, dass sie sich in festgelegten Bereichen bewegten. Ab und zu kamen sie vor orangefarbenen Leuchtkugeln zum Stillstand, die kurz darauf lila wurden – offenbar gab es ein ausgeklügeltes Verkehrssystem.

Bunte Reklametafeln mit fantastischen Werbeversprechen wie *Verlieren Sie überflüssige Pfunde mit dem Seetang-Shake* oder *Finanzberatung Pangasius – wenn Ihnen das Wasser bis zum Halse steht* säumten die Wasserstraßen.

»Wow!«, entfuhr es Fritz.

»Echt krass«, meinte Lena, »und ganz anders, als ich es mir vorgestellt hatte.«

»Sag ich doch.« Mari schwamm zielstrebig auf einen Stand zu, an dem eine Frau mit kurzen roten Haaren kleine runde Dinger verkaufte, die aussahen wie grüne Hackfleischbällchen. »Ich hab echt Kohldampf. Wollt ihr auch was?«

Lena beäugte das Essen kritisch. »Was ist das?«

»Frittierte Seetangkugeln. Schmecken ein bisschen wie Sushi, sind aber rein vegetarisch. Extrem lecker!«

Mari bestellte für jeden eine Portion und bezahlte mit kleinen sternförmigen Münzen, die sie aus ihrem Rucksack fischte. »Die Währung in Almaris sind Seesterne«, erklärte sie. »Natürlich benutzen wir schon lang keine echten mehr. Tierschutz ist uns hier sehr wichtig.«

Fritz nahm die Schale entgegen und schob sich eins der Bällchen in den Mund. Zu seiner Überraschung schmeckte es hervorragend – wie eine Mischung aus Fischstäbchen und Kartoffelpuffer.

»So was müsste es bei uns in der Schulkantine geben«, sagte Lena. »Bestimmt würden dann auch mehr Leute dort essen.« In der Cafeteria des Einöder Gymnasiums gab es jeden zweiten Tag Bohnensuppe, und Lena schwor Stein und Bein, schon mal einen fetten Käfer darin entdeckt zu haben. Lenas Petition für Vollwertkost war allerdings nur von fünf Leuten (inklusive ihr selbst) unterschrieben worden, und deshalb mieden die Zwillinge genau wie die Mehrheit ihrer Mitschüler die Kantine.

Sie verspeisten genüsslich ihre Seetangkugeln, während Günther aufgeregt den Stand umkreiste, weil er sicher war, zwischen den Bällchen eine attraktive Seeigelfrau entdeckt zu haben. »Bestimmt ist sie in Gefahr und wartet darauf, von mir gerettet zu werden!«, rief er.

»Du spinnst doch.« Mari lachte. »Ich glaub, dir ist die Zeit an Land nicht gut bekommen.«

»Kann gut sein, bei dem Fraß, den du mir vorgeworfen hast«, gab Günther zurück.

»Wir sollten jetzt weiter.« Mari schwamm voran, und die Zwillinge folgten ihr. Sie ließen den Marktplatz hinter sich und gelangten in eine Art Wohngebiet. Die Häuser hier sahen alle ähnlich aus, aber sie waren auf unterschiedliche Weise dekoriert. Einige der runden Fenster wurden von leuchtenden Seesternen geschmückt, während andere von bunten Lämpchen in Fischform gesäumt waren. Bei einem Haus konnte man überhaupt nicht mehr erkennen, wo der Eingang war, da es förmlich in Dekoration ertrank.

»Wir haben hier gerade das Fest des Poseidon gefeiert«, sagte Mari. »Das ist so ähnlich wie bei euch Weihnachten. Es gibt unfassbar viel zu essen und Besuch von entfernten Verwandten. Während der Feiertage versucht man dann, sich gegenseitig nicht die Köpfe einzuschlagen.« Sie schnitt eine Grimasse. »Den Kindern erzählt man, dass Poseidon nachts durch den Schornstein schwimmt und Geschenke bringt. Ich wusste aber schon mit viereinhalb, dass das bei uns Olf gemacht hat.«

Fritz hörte nur mit halbem Ohr zu – er war viel zu beschäftigt, die Stadt und ihre Bewohner zu bestaunen. Einige hatten bunte Fische im Schlepptau und warfen kleine Leuchtringe vor sich, die Fische dann zurückbrachten.

»Fische zu essen ist in Almaris streng verboten, aber manche Leute halten sie als Haustiere«, erklärte Mari. »Ich finde das nicht in Ordnung, aber bisher hat sich mein Vater leider nicht überzeugen lassen, es zu verbieten. Das Einzige, was er gemacht hat, war, eine neue Steuer einzuführen.« Sie schnaubte.

»Echt, ihr esst gar keinen Fisch?«, fragte Fritz. »Obwohl er quasi vor euren Nasen herumschwimmt? Fischstäbchen sind doch lecker.«

Mari warf ihm einen leicht vorwurfsvollen Blick zu. »Im Meer gibt es auch viele andere leckere Sachen. Zum Beispiel Korallenkartoffeln und Seezwiebeln. Die Philosophie der Almarer ist es, alle Meereswesen zu respektieren. Deshalb ernähren wir uns rein pflanzlich. Wir schaden niemandem, und deshalb hat eigentlich auch niemand einen Grund, uns zu schaden.« Ihr Blick verdüsterte sich.

»Du denkst gerade an den Aquamarin, oder?«, wollte Lena wissen.

»Ja. Wenn ich bloß wüsste, warum ihn jemand geklaut hat. Vielleicht hat er eine Eigenschaft, die wir noch nicht kennen.«

»Aber welche könnte das sein?«, fragte Fritz.

»Ich hoffe, dass uns die Bücher eine Antwort geben«,

sagte Mari. Sie zeigte auf ein Gebäude, das die Form eines riesigen Schneckenhauses hatte. »Da vorn ist schon die Bibliothek. Aber erst müssen wir zum Orakel – beziehungsweise ihr, mich darf sie auf keinen Fall sehen. Ist unser Plan so weit klar?«

Die Zwillinge nickten. »Alles klar.«

»Gut.« Mari reichte Lena ein kleines Päckchen. »Ich schwimme zum Hintereingang der Bibliothek, und ihr lasst mich rein, sobald ihr den Schlüssel habt.«

Hätte er sich nicht schon im Wasser befunden, hätte Fritz vor Aufregung feuchte Hände bekommen. Er wollte sich gar nicht vorstellen, was passieren würde, falls sie aufflogen.

Nachdem sie sich von Mari verabschiedet hatten, schwammen Fritz und Lena auf das Schneckenhaus zu. An der Vorderseite befand sich eine runde Öffnung, die ins Innere führte. Genau wie Mari es ihnen erklärt hatte, glitten sie hindurch und fanden sich in einem abgedunkelten runden Raum wieder. An den Wänden klebten kleine Seesterne, die ein violettes Licht absonderten, und in der Mitte des Raums erhob sich eine Art Podium.

»Bist du bereit?«, flüsterte Fritz seiner Schwester zu.

Lena nickte.

»Runa, oh, Runa, was bringt uns Fortuna?«, riefen sie beide gleichzeitig, so wie Mari es ihnen aufgetragen hatte.

Niemand antwortete.

Fritz und Lena sahen sich an.

»Sollen wir's noch mal versuchen?«, fragte Lena leise.

Fritz hob die Schultern. »Okay.«

»Runa, oh, Runa, was bringt uns Fortuna?«, riefen sie erneut, diesmal etwas lauter.

Über ihnen blubberte es. »Momentchen, die Herrschaften! Eine alte Frau ist schließlich kein Hochgeschwindigkeits-U-Boot!«, beschwerte sich eine weibliche Stimme, die ein wenig verschlafen klang.

Fritz und Lena schauten nach oben, konnten aber nichts erkennen. Wieder hörten sie ein Blubbern. Das Leuchten der Seesterne wurde stärker, und dann kam etwas, oder besser gesagt: jemand zu ihnen heruntergeschwebt.

Fritz musste sich auf die Lippe beißen, um nicht vor Überraschung aufzuschreien. Nach Maris Erzählungen hatte er sich Runa als runzlige alte Meerhexe mit wirrem Haar und einer leuchtenden Glaskugel in den knochigen Händen vorgestellt. Die Gestalt, die sich vor ihnen auf dem Podium niederließ, hatte aber weder eine Glaskugel dabei, noch besaß sie Haare oder Hände.

Runa war eine riesige Qualle, die genau wie die Seesterne violett leuchtete. Am Rand ihres Schirms saßen zwei Augen und ein Mund, was ihr ein beinahe freundliches Aussehen verlieh. Sie schien ständig in Bewegung zu sein: Ihr durchsichtiger Körper blähte sich und schrumpfte wieder zusammen, so als würde sie atmen. Dabei waberten ihre unzähligen Tentakel durch den Raum, und Fritz zog unwillkürlich den Bauch ein, um nicht von ihnen berührt zu werden. Er wusste schließlich nicht, ob sie giftig waren.

»Guten Tag, die Dame, guten Tag, der Herr!«, begrüßte Runa die Zwillinge. »Was können wir für euch tun?«

»Ähm … guten Tag, Runa«, begann Lena, die sich schon wieder gefangen hatte. »Ich bin Lena, und das ist mein Bruder Fritz.«

»Guten Tag«, sagte Fritz.

»Wir freuen uns sehr, eure Bekanntschaft zu machen.« Die Qualle lächelte.

»Wir?« Fritz sah sich um, aber er konnte sonst niemanden entdecken.

Runa blähte sich auf. »Wir, Runa, sind das Gedächtnis von Almaris. Wir kennen alle Ereignisse von gestern, von heute und von morgen.«

Das hatte Mari wohl gemeint, als sie gesagt hatte, dass Runa sich oft etwas verschwurbelt ausdrückte.

Lena fuhr fort: »Wir kommen aus Kalamaris und möchten dich um einen Rat bitten, weil … ähm … unser Orakel leider krank geworden ist.«

Fritz hoffte inständig, dass Runa die Geschichte glauben würde, die Mari ihnen eingetrichtert hatte (und die natürlich frei erfunden war).

»Ach du liebes bisschen, die arme Rosalinde!« Runa sah die Kinder mit besorgter Miene an. »Hoffentlich hat sie sich nicht die Seepocken zugezogen! Die haben uns vergangenes Jahr alle Tentakel zusammengeklebt.«

»Sie ist schon auf dem Weg der Besserung«, sagte Fritz. »Aber sie braucht absolute Ruhe. Deshalb lässt unser König fragen, ob du uns helfen kannst.«

Die Qualle blähte sich voller Stolz auf. »Aber selbstverständlich können wir das.«

»Wundervoll.« Lena setzte ihr schönstes Lächeln auf. »Wir haben dir auch etwas mitgebracht.« Sie reichte Runa die kleine Schachtel, die sie von Mari bekommen hatte.

»Ooooohhh, ihr habt unsere Lieblingspralinen dabei! Wie aufmerksam von euch!« Gierig riss die Qualle den Deckel ab und stopfte sich einige der Pralinen in den Mund. Von dort wanderten die zerkauten Pralinen direkt in ihren durchsichtigen Körper, was ziemlich ulkig aussah. »Nun denn, stellt uns eure Frage, werte Kalamarer!«

Lena räusperte sich. »Der König … ähm … lässt fragen, wie die Seesterne in diesem Monat stehen und ob seine Angebetete ihn bald erhören wird.«

»Keine einfache Frage.« Runa kratzte sich mit einigen ihrer Tentakel am Kopf. Sie wandte sich den Seesternen an der Wand zu und stieß einen Wasserschwall aus, woraufhin einige ihre Position veränderten. »Hmm, es sieht so aus, als sei Poseidon eurem König nicht wohlgesonnen. Seine Holde zeigt leider keinerlei Interesse an ihm. Aber stille Wasser sind bekanntermaßen tief.«

»Also lohnt es sich, an ihr dranzubleiben?«, wollte Lena wissen.

Die Qualle wiegte den Kopf hin und her. »Das richtige Geschenk könnte ihr Herz erweichen.«

»Wie wär's mit einer Korallenkette oder einem Haifisch-Milchzahn?«

Die Qualle schien lange zu überlegen. »Er muss sich entscheiden. Das zweite würde ihr sicherlich besser gefallen als das erste, aber er könnte damit unter Umständen den Zorn Poseidons auf sich ziehen.«

»Und was passiert dann?« Lena war jetzt ganz in ihrem Element. Sie stellte dem Orakel eine Frage nach der anderen, während die Qualle die Schachtel mit den Schnapspralinen leer futterte und ihre Aussagen immer wirrer wurden. Als sich Lena erkundigte, welchen Dünger der königliche Gärtner am besten für die Seeanemonen im Palastgarten verwenden solle, entschied Fritz, dass nun der richtige Zeitpunkt gekommen war.

»Äh, Runa? Wo ist denn hier das Klo?«, fragte er vorsichtig.

Die Qualle deutete, völlig in Gedanken versunken, nach links, wo ein schmaler Korridor ins Innere des Gebäudes führte. Fritz schwamm in die Richtung, und obwohl ihn brennend interessierte, wie wohl die Toiletten in Almaris aussehen mochten, hielt er kurz vor dem Gang inne und tastete die schwarze Wand ab. Währenddessen sah er sich immer wieder verstohlen um. Runa durfte nichts mitbekommen. Aber auf Lena war Verlass – sie hatte das Orakel derart in ihr merkwürdiges Gespräch verwickelt, dass die Qualle vor lauter Verwirrung ihre Tentakel verknotet hatte.

Jetzt versuchte sie, die Knoten wieder zu lösen, während sie Lenas immer abstruser werdende Fragen beantwortete.

Eine Armlänge nach oben und zwei Handbreit rechts, hatte Mari gesagt … ja, da fühlte Fritz die leichte Einkerbung im Stein. Er drückte darauf. Ein leises Klicken ertönte. Aus der Wand schob sich ein kleiner Gegenstand. Fritz schnappte ihn, bevor er ihm entgleiten und davonschwimmen konnte. Es war ein goldener Schlüssel in Form eines Seepferdchens. Bingo! Damit würden sie in die geheime Bibliothek gelangen. Fritz suchte Lenas Blick und signalisierte ihr, dass er den Schlüssel gefunden hatte.

»Ich … äh, muss auch mal!«, entschuldigte sich Lena und überließ die Qualle, die sich inzwischen hoffnungslos verheddert hatte, sich selbst.

»Ein bisschen tut sie mir ja schon leid«, sagte sie zu

Fritz, während sie den schmalen Gang entlangschwammen.

»Mhm«, machte Fritz und sah sich um. Am Ende des Korridors befand sich eine Tür mit einem kleinen Bullauge, durch das türkisgrünes Licht fiel.

Das musste der Hintereingang sein, von dem Mari gesprochen hatte.

Tatsächlich erschien kurz darauf Maris Gesicht vor dem Fenster. Ungeduldig klopfte sie gegen die Scheibe. »Nun macht schon!«

Fritz und Lena schwammen zur Tür und schoben gemeinsam den schweren Riegel zurück. Kurz darauf war Mari drin.

»Na, das ist ja bisher super gelaufen.« Sie klopfte den Zwillingen anerkennend auf die Schultern. »Und jetzt zum spannenden Teil unserer Mission.«

Für Fritz war die Mission bis hierher schon spannend genug gewesen, aber er war natürlich neugierig auf die Bibliothek von Almaris. Er liebte Bücher und stellte sich eine geheime Unterwasserbibliothek wahnsinnig interessant vor.

Günther hingegen dachte mal wieder nur ans Essen. »Leute, bewegt eure Flossen, ich hab mächtig Kohldampf!«, murrte der Seeigel.

»Wenn du uns hilfst, kaufe ich dir später einen Algendöner«, versprach Mari.

Günthers Augen wurden riesengroß. »Wirklich? Einen ganzen nur für mich allein?«

»Ja, aber ich will kein Gemecker mehr hören. Und wir sollten jetzt wirklich weiter, bevor Runa auf die Idee kommt, nach Fritz und Lena zu suchen.«

Die geheime Bibliothek

Mari steckte den kleinen goldenen Schlüssel ins Schloss einer Tür, die so unscheinbar war, dass Fritz sie beinahe übersehen hätte. Aber das, was sie dahinter erwartete, hätte er sich in seinen abenteuerlichsten Träumen nicht ausmalen können. Diese Bibliothek war viel größer als die Schulbibliothek und die Stadtbibliothek von Einöd zusammen. Sie war jedoch nicht in Stockwerke unterteilt, wie man das von einer Bibliothek an Land kannte. Stattdessen waren die unzähligen Regalreihen schneckenförmig angeordnet und die Bücher nach den Farben eines Regenbogens sortiert: von Rot, Orange und Gelb über Grün und Hellblau zu Indigo und schließlich Violett. Zwischen den vollgestopften Regalen schwammen bunte Fische umher, sortierten fleißig Bücher und putzten die Regale.

»Ist das cool!«, entfuhr es Fritz.

»Almaris besitzt ungefähr eine Million Bücher«, sagte Mari. »Alles Wissen über das Meer und seine Magie ist hier versammelt.«

»Wie schafft ihr es denn, dass die Bücher unter Wasser nicht aufweichen oder vergammeln?«, fragte Lena, die sich wie immer für die wissenschaftlichen Fakten interessierte.

»Natürlich sind sie speziell behandelt worden«, erklärte Mari. »Unsere Bibliothekare haben lange an der Versiegelung getüftelt.«

»Laaaangweilig!« Günther schnarchte demonstrativ. »Bücher haben einen ganz entscheidenden Nachteil: Man kann sie nicht essen.«

»Du wirst uns schon nicht verhungern.« Mari streichelte über seine Stacheln. »Aber wir sollten uns wirklich nicht so lang hier aufhalten. Lasst uns mit der Recherche anfangen.« Sie schwamm zu einem Schrank, in dem ein Karteisystem untergebracht war. Während Lena etwas von »umständlich« und »einfach bei Wikipedia nachschauen« murmelte, erklärte Mari ihnen, wie man die Karteikärtchen benutzte. Unter dem Stichwort »Aquamarin« fand sich eine ziemlich lange Liste von Büchern.

»Puh«, seufzte Mari. »Das kann dauern. Immerhin sind wir zu dritt.«

Sie teilten untereinander auf, wer welche Bücher aus der Liste unter die Lupe nehmen sollte.

Fritz bekam die aus der dunkelblauen und violetten Sektion zugeteilt. Trotz der schieren Größe der Büchersammlung fand er die Bücher relativ schnell. Die Sortierung war überraschend logisch. Doch als er das erste Buch aufschlug, wurde ihm schlagartig klar, dass es vermutlich einfacher wäre, eine Nadel im Heuhaufen zu finden.

*Die Märchen der Gebrüder Schwamm* war ein Tausend-Seiten-Wälzer, der von verzauberten Schildkröten und fiesen Meerhexen handelte, alles in altertümlicher Sprache verfasst. Verlässliche Informationen über den Aquamarin von Almaris würde er darin sicher nicht finden. Auch ein Kochbuch namens *1001 Rezepte mit Edelsteinstaub* und ein Krimi mit dem vielversprechenden Titel *Der Henker der versunkenen Stadt* würden ihnen vermutlich nicht weiterhelfen. Fritz blickte hinüber zu Lena, die ebenso ratlos vor dem grünen Regal herumpaddelte.

»Kann ich vielleicht helfen?«, fragte eine freundliche Stimme neben Fritz. Ein kleiner gelber Fisch mit einer Brille auf der Nase war aus einem der Regale aufgetaucht.

»Ich bin Manfred, zertifizierter Bibliothekarsfisch«, stellte er sich vor. »Ich kenne die Bibliothek wie meine Westentasche. Natürlich nur sprichwörtlich.«

»Ja vielleicht«, sagte Fritz etwas zögerlich. »Ich suche Informationen über den Aquamarin von Almaris.«

Manfred dachte kurz nach, dann nickte er eifrig. »Oh ja, ich weiß ganz genau, wo wir nachschauen müssen. Folge mir!«

Fritz schwamm dem Fisch hinterher zur violetten Sektion, wo die Regalreihen immer enger wurden.

»Hier unten«, sagte Manfred und zog mit seiner Flosse ein winziges Büchlein aus der hintersten Ecke.

Es hieß *Die Edelsteine von Zaphra* und sah schon ziemlich lädiert aus. Fritz warf einen Blick ins Inhaltsverzeichnis und sah sofort, dass er einen Volltreffer gelandet hatte. Es gab ein ganzes Kapitel zum Thema Aquamarin.

»Vielen Dank für die Hilfe!«, sagte er zu Manfred.

»Aber gerne.« Der Fisch nickte ihm zu und verschwand wieder hinter einem Regal.

Fritz winkte Mari und Lena zu sich herüber.

»Hast du was gefunden?«, wollte Mari wissen.

»Sieht ganz so aus.« Fritz blätterte zum Kapitel über Aquamarine. Die Schrift in dem Buch war winzig, und die Seiten waren so eng bedruckt, dass man beinahe eine Lupe brauchte, um sie zu entziffern.

*»Der Aquamarin ist ein Stein mit mächtiger Schutzwirkung«*, las er vor. *»Er verstärkt alle anderen Zauber und gehört zu den ‚sehenden Steinen'. Er hilft, die Zukunft vorherzusagen, kann aber auch verwendet werden, um Feinde auszuspionieren. Wer den Aquamarin einer Unterwasserstadt entwendet, erhält Macht über sie und ihre Bewohner und kann ihre tiefsten Geheimnisse ergründen. Damit verkehrt sich die Schutzwirkung ins Gegenteil.«*

Fritz ließ das Buch sinken und sah die anderen an. »Das klingt nicht gut.«

Mari starrte ihn an. »Überhaupt nicht gut. Wenn das der Grund ist, weshalb der Stein gestohlen wurde, sind wir in großer Gefahr!«

»Aber wer könnte es gewesen sein?«, rätselte Fritz.

»Jemand, der die Geheimnisse von Almaris ergründen will. Oder jemand, der sich wünscht, hellsehen zu können.«

Sie riss Fritz das Buch aus der Hand und studierte den Eintrag. »Hmm, das funktioniert wohl nur, wenn man zumindest ein bisschen Talent dazu hat, so wie Runa. Dann hilft einem der Stein, die Zukunft noch klarer zu sehen. Pfff! Ich hab mich schon gewundert, warum ihre Vorhersagen in letzter Zeit so schwammig geworden sind. Das erklärt es. Sie hat davor immer den Stein als Hilfsmittel benutzt!«

»Bitte verrate uns nicht!«, rief in diesem Moment eine Stimme.

Alle drei fuhren herum. Runa hatte es offenbar geschafft, ihre Tentakel zu entknoten, und war ihnen in die Bibliothek gefolgt. Die Qualle zog ein zerknirschtes Gesicht. »Wir wollen nicht, dass der König uns aus seinen Diensten entlässt. Wir haben doch nur einen winzigen Moment lang nicht achtgegeben.«

»Was soll das denn heißen?«, fragte Mari alarmiert.

Runa schrumpfte in sich zusammen. »Es war bei unserer alljährlichen Orakel-Zusammenkunft vor zwei Wochen. Wir hatten den Stein dabei, und er muss uns auf dem Rückweg aus der Handtasche gefallen sein, als wir …«, sie hüstelte, »… einen kleinen Imbiss zu uns nahmen. Und als Nächstes kam wie aus dem Nichts ein U-Boot. Wir konnten gerade noch zur Seite schwimmen, sonst hätte es einen Zusammenstoß gegeben. Dann hielt es an, ein langer Roboterarm wuchs heraus und bemächtigte sich des Steins. Wir wurden beraubt!«

Mari öffnete den Mund, sagte jedoch nichts.

Runa rang ihre Tentakel. »Wir hätten es wissen müssen! Wir hatten schon auf dem Hinweg das Gefühl, dass uns jemand verfolgte. Du liebe Güte!«

»Wie sah das U-Boot denn aus?«, fragte Lena.

Die Qualle kratzte sich mit einem ihrer Tentakel am Kopf. »Es … es hatte die Gestalt eines Hais. Und es fuhr schneller als ein Torpedofisch. Wir waren versucht, den Kapitän mit einem Fluch zu belegen, aber es saß niemand darin.«

Mari wurde hellhörig. »Hatte das U-Boot etwa die Initialen G. H. auf der Seite?«

Runa nickte. »In der Tat. Woher weißt du das?«

Fritz, Lena und Mari blickten einander an.

»Gregor Hümmerlein«, sagten sie wie aus einem Mund.

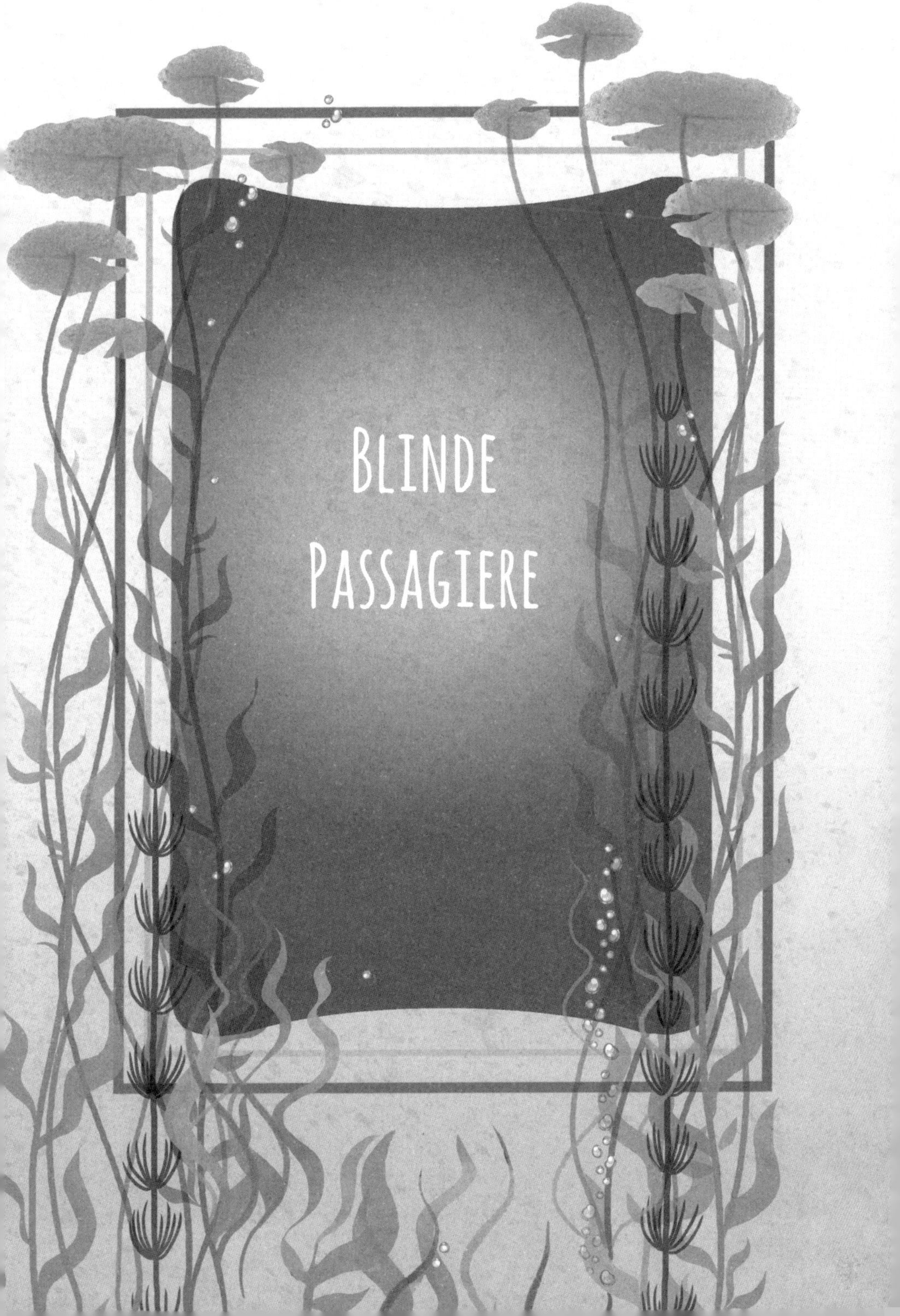

# Blinde Passagiere

Bald gab es keinen Zweifel mehr: Professor Hümmerlein hatte den Aquamarin von Almaris entwendet. Er hatte Runa beobachten lassen und auf eine günstige Gelegenheit gewartet. Doch was wollte er mit dem Stein?

Lena, Fritz, Mari und Runa hatten sich in den Raum mit den lila Seesternen zurückgezogen, um in Ruhe beratschlagen zu können. Günther hatte vor lauter Hunger eine von Runas Schnapspralinen probiert und schwamm nun in Schlangenlinien darin herum, während er *Somewhere beyond the sea* trällerte. Mari sah ihm zu und schüttelte den Kopf.

Die Qualle wirkte immer noch sehr bedröppelt. »Wir hätten es wissen müssen«, sagte sie immer wieder. »Der schöne Stein! Der schöne, schöne Stein!«

»Wir holen ihn zurück, Runa. Dazu könnten wir deine hellseherischen Fähigkeiten jetzt aber echt gut gebrauchen«, seufzte Mari. »Du musst es einfach versuchen. Bitte!«

»Kannst du denn ohne den Aquamarin gar keine Weissagungen machen?«, wollte Lena wissen.

»Doch, das vermögen wir durchaus«, antwortete Runa würdevoll. »Aber sie sind womöglich ein wenig ... ungenauer. Und den Stein können wir durch sie bedauerlicherweise nicht ausfindig machen.«

»Was ist mit deiner Prophezeiung, dass ich in Gefahr gerate?«, hakte Mari nach. »Stimmt die, oder hast du dir das bloß ausgedacht?«

»Wir haben es in einem Traum gesehen«, sagte Runa. »Du wolltest wegschwimmen, aber irgendetwas hielt dich fest. So als wärest du hinter einer Glasscheibe gefangen. Mehr wissen wir leider nicht.« Sie hob entschuldigend ihre Tentakel.

»Kannst du es nicht noch einmal versuchen?«, bat Mari. »Wir müssen rausfinden, was Hümmerlein mit dem Stein vorhat.«

Runa schüttelte den Kopf. »Wir sind untröstlich, aber wir haben jegliche Verbindung zu dem Stein verloren. Das bedeutet wahrscheinlich, dass er sich nicht mehr im Meer befindet.«

»Könnte ein Fremder mit dem Stein tatsächlich Almaris ausspionieren, so wie es in dem kleinen Buch steht?«, fragte Mari.

Runa nickte. »Vermutlich schon, wenn er weiß, wie er es anstellen muss. Die sehenden Steine funktionieren wie Schlüssellöcher. Man kann durch sie hindurchblicken, sieht aber immer nur kleine Ausschnitte einer Stadt. Und man muss sich möglichst in der Nähe aufhalten, sonst wird das Bild undeutlich.«

»Scheibenkleister«, stöhnte Günther. »Bestimmt hat der Typ mich auf dem Klo gesehen.«

Fritz überlegte. »Könnte es nicht sein, dass Hümmerlein den Aquamarin auf sein Forschungsschiff gebracht hat?«, fragte er dann. »Das wäre logisch, wenn eines seiner U-Boote den Stein aufgegabelt hat. Mari, du hast doch gesagt, dass sie eurer Stadt immer näher kommen.«

Mari machte ein grimmiges Gesicht. »Allerdings. Ein Team von Almarern hat zwar versucht, sie mit einem Verwirrungszauber in die Irre zu leiten, aber die Dinger sind echt hartnäckig. Die kommen immer wieder.«

Lena hatte die Stirn in Falten gelegt, als ob sie angestrengt nachdachte. »Leute, ich hab's!«, rief sie schließlich. »Wie wäre es, wenn wir uns auch auf eines der U-Boote schmuggeln? So kommen wir unbemerkt auf Hümmerleins Schiff und können den Aquamarin zurückholen!« Sie sah die anderen triumphierend an.

Fritz kratzte sich am Kinn. »Das könnte funktionieren, ist aber leicht gesagt. Was passiert, wenn uns die Besatzung entdeckt?«

»Soweit ich weiß, fahren die U-Boote automatisch und sind meistens unbemannt«, sagte Mari. »Hümmerlein will wahrscheinlich nicht, dass zu viele Menschen von seinem Ultrageheimprojekt erfahren.«

»Okay, aber wie sollen wir das genau anstellen?«, überlegte Fritz.

»Wenn ich Mari richtig verstanden habe, fahren die U-Boote eine festgelegte Route ab«, sagte Lena. »Wir müssen also einfach zurück zu der Stelle, an der uns so ein Teil beinahe gerammt hat.«

»Also dorthin, wo jetzt die *Berta* liegt«, meinte Fritz. Er wandte sich an Mari. »Findest du die Stelle wieder?«

»Ich denke schon. Wir Almarer haben so was wie ein eingebautes Navigationssystem. Die Koordinaten krieg ich ungefähr zusammen. Wir könnten den Aqua-Transportator benutzen, dann sind wir schnell dort.«

»Super Idee!« Lena war begeistert.

»Und was ist mit meinem Algendöner?«, meldete sich Günther zu Wort. »Diese Pralinen sind doch kein richtiges Essen. Ich bin schon ganz dünn!«

Fritz hatte nicht den Eindruck, dass der Seeigel anders aussah als sonst. Er war noch genauso rund und genauso stachelig.

»Wenn du noch ein bisschen Geduld hast, bekommst du später zwei«, versprach Mari.

»Alles klar, dann bin ich dabei«, freute sich Günther.

Nachdem sie Runa hoch und heilig versprochen hatten, sie nicht zu verraten, machten sich die Freunde erneut auf den Weg zum Marktplatz.

Fritz warf einen sehnsüchtigen Blick in Richtung des Palastes. Zu gern hätte er ihm einen Besuch abgestattet und Maris Vater kennengelernt, aber das ging natürlich nicht.

»Moin, da seid ihr ja wieder!«, begrüßte Knut sie, als der Aqua-Transportator vor ihnen hielt. »Wollt ihr zurück zum Riff?«

»Nein, wir machen noch einen kleinen Ausflug.« Mari nannte ihm die Koordinaten der havarierten *Berta*.

Zum Glück stellte Knut keine dummen Fragen und brachte sie in Sekundenschnelle zum gewünschten Ort. Die Stelle, an der der Aqua-Transportator hielt, wirkte wie ausgestorben. Das Wrack von Klaus' U-Boot lag tatsächlich nur wenige Meter unter ihnen auf dem Meeresgrund. Zum Glück hatte Mari sie da rechtzeitig herausgeholt! Ein einsamer Krebs flitzte neben dem Wrack über den Meeresboden und sammelte Muscheln ein.

»Und jetzt?«, fragte Fritz.

»Jetzt warten wir einfach auf das nächste U-Boot«,

sagte Lena. »Sicher gibt es eine ganze Menge davon, sodass es bestimmt nicht lange dauert. Los, verstecken wir uns neben der *Berta*.«

Die Freunde gingen hinter dem U-Boot in Deckung und legten sich auf die Lauer.

Nach einer gefühlten Ewigkeit erschien ein stromlinienförmiger Schatten in einiger Entfernung vor ihnen.

»Auf drei«, sagte Lena. »Eins, zwei –«

Fritz hätte nie gedacht, dass er einmal so froh über Lenas fotografisches Gedächtnis sein würde. Bislang war sie ihm damit ziemlich auf den Geist gegangen. Sie hatte sich das Aussehen des U-Bootes, mit dem sie beinahe kollidiert waren, exakt eingeprägt und wusste noch genau, wo sich die Luke befand. Zielstrebig schwammen sie darauf zu.

Das U-Boot fuhr zum Glück recht langsam. Vielleicht hatte es schon in den Energiesparmodus geschaltet.

Sie zogen mit vereinten Kräften an der Luke, und ehe Fritz sich versah, landeten sie zusammen mit einem ordentlichen Schwall Wasser im Innenraum des Bootes. Es war ein seltsames Gefühl, plötzlich wieder mit beiden Füßen auf festem Boden zu stehen.

Mari hatte recht gehabt, es war tatsächlich kein Mensch an Bord. Dafür war das Boot mit allerlei technischen Gerätschaften ausgestattet, die blinkten und piepten. Die Steuerung war auf Autopilot gestellt.

Lena schaute sich alles genau an. »Auch wenn Klaus nicht viel von Hümmerlein hält, die Technik von dem Ding ist allererste Sahne«, stellte sie fest. »Für meinen Tauchroboter kann ich das gut gebrauchen.«

Fritz blieb etwas ratlos stehen und betrachtete einen der Bildschirme vor ihnen. »Und du meinst, das Ding bringt uns direkt an Bord von Hümmerleins Schiff?«

»Genau. Also eigentlich müssen wir nur abwarten«, sagte Lena. »Und die Zeit bis dahin sollten wir nutzen, um unsere Kräfte zu sammeln. Ich schätze, dass es nicht einfach werden wird, den Stein wiederzubeschaffen.«

Bereits als das U-Boot Kurs auf Hümmerleins Schiff nahm, hatte Fritz ein flaues Gefühl im Magen. Im gigantischen Kiel des Forschungsschiffes öffnete sich eine Klappe, und das U-Boot schwebte nach oben, als würde es von dem großen Schiff eingesaugt.

Jetzt befanden sie sich in einer Art Schleuse und stiegen automatisiert zur Oberfläche des Beckens auf. Ein Roboterarm fuhr aus, scannte das U-Boot und hievte es aus dem Wasser auf ein Gestell. Kurz darauf erschien ein Paar riesiger Bürsten vor ihnen, und das Boot wurde eingeschäumt, abgebraust und trocken geföhnt wie in einer Autowaschanlage. Anschließend wurde es über ein Förderband tiefer in den Bauch des Schiffes transportiert, bis sie sich in einem Maschinenraum wiederfanden. Das U-Boot stoppte, wurde von einem Greifarm vom Band gehoben und in eine Ladestation auf der Seite des Raumes verfrachtet. Die Freunde verfolgten das Geschehen staunend aus einem der Bullaugen. Unglaublich, was technisch alles möglich war.

Hier im Maschinenraum lagen schon zwei weitere U-Boote, die offensichtlich gerade aufgeladen wurden. Der Raum war riesig. Fritz musste wieder an ihre erste Begegnung mit Hümmerleins Forschungsschiff denken. Es war ihm so gigantisch wie ein mehrstöckiges Kreuzfahrtschiff vorgekommen.

»Wie sollen wir hier bloß den Aquamarin finden?« Mari sprach aus, was Fritz dachte.

»Duckt euch! Sofort!«, zischte Lena. Eine Tür an der Seite des Raums ging auf und mehrere schwarz gekleidete Wachmänner mit Taschenlampen rannten genau auf sie zu. Sie hielten die Lampen auf die Außenhaut des U-Bootes gerichtet und inspizierten es von oben bis unten auf Schäden. Grelles Licht drang durch die kleinen Bullaugen in das Innere des Bootes. Fritz hoffte inständig, dass die Wachen nicht hereinkommen würden. Wenn die Männer die Luke öffneten und sie sahen, waren sie geliefert …

Da hörte er auch schon das metallene Quietschen der Luke. Oh nein! Sie kamen rein!

»Los, da drunter!« Mari zeigte auf den Zwischenraum unterm Armaturenbrett. Es war kein besonders gutes Versteck, aber ihnen blieb keine Zeit, ein besseres zu suchen. So schnell sie konnten, krabbelten sie hinein. Fritz stieß sich dabei den Kopf und unterdrückte einen Schmerzensschrei. Das würde bestimmt eine Beule geben!

Mari legte den Finger auf die Lippen. Wie erstarrt hockten sie da und versuchten, keine Bewegung zu machen, als die schweren Stiefel der Wachmänner durch den Gang stampften.

»Wieso ist denn hier Wasser drin?«, fragte einer der Männer.

»Vielleicht ist die Dichtung porös«, antwortete ein anderer. »Sag Schorse Bescheid. Er soll sich das nachher mal anschauen.« Der Schein einer Taschenlampe glitt noch einmal durch den engen Innenraum.

»Alles okay dadrin?«, rief jemand von draußen. »Wir haben nicht ewig Zeit.«

»Alles okay!«, rief der zweite Mann.

Die Schritte entfernten sich wieder, und die Luke wurde geschlossen. Fritz atmete hörbar aus.

»Puh, das war ganz schön knapp!«, sagte Lena.

»Was für ein Glück, dass das solche Luftpumpen waren«, kommentierte Günther, der in Maris Hosentasche hockte.

Sie warteten noch einen Moment ab. Erst als sie sicher waren, dass die Wachmänner weitergegangen waren, verließen sie das U-Boot und betraten die *Hümmerlein*.

»Wo sollen wir anfangen?«, fragte Fritz. Abgesehen von den U-Booten, beherbergte der Raum eine Reihe riesiger Maschinen. Sie sahen zwar alle sehr interessant aus, und Lena hätte sie sich wohl nur zu gerne genauer angeschaut, aber keiner von ihnen hielt es für besonders wahrscheinlich, dass der Stein hier versteckt war.

»Wir bräuchten so was wie eine Karte.« Mari sah sich um. »Auf so einem Riesenschiff muss es doch einen Fluchtplan geben. Lasst uns mal danach suchen.«

Es war unglaublich laut hier unten, und sie mussten fast schreien, um sich zu verständigen. Wenn sie sich hier zu lange aufhielten, liefen sie Gefahr, doch noch von den Wachmännern entdeckt zu werden.

Sie inspizierten alle Wände des Raums, was sich ziemlich mühselig gestaltete, da er sehr verwinkelt war. Endlich, als sie schon fast aufgeben wollten, deutete Lena aufgeregt zu einer kleinen Zeichnung, die halb hinter einem Tank versteckt war.

Gemeinsam studierten sie den Fluchtplan. »Sieht aus, als befänden wir uns hier auf einem Zwischendeck. Weiter oben auf Deck vier gibt es einen Raum, der *Labor Prof. Hümmerlein* heißt«, stellte Mari fest. »Jede Wette, dass der Typ den Aquamarin dorthin gebracht hat. Vielleicht macht er damit Experimente.«

»Na dann, nichts wie los!« Lena steuerte die Tür an, aus der zuvor die Wachmänner gekommen waren, öffnete sie einen Spalt und warf einen vorsichtigen Blick hinaus. »Die Luft ist rein!«

Sie gelangten in einen Flur, der von grellen Neonröhren beleuchtet wurde. Der Boden war so blank poliert, dass man sich darin spiegelte. Zu ihrer Rechten befand sich eine lange Reihe gleich aussehender Türen. Fritz war einen Moment lang unsicher, ob sie auch die richtige Richtung eingeschlagen hatten, aber auf Lenas Gedächtnis war Verlass.

Plötzlich erklang ein Signalton, der die drei Freunde heftig zusammenzucken ließ.

»Achtung, Achtung, hier spricht Ihr Kapitän«, sagte eine Stimme, die durch einen Lautsprecher verzerrt wurde. »Also das bin ich, Professor Gregor Hümmerlein.« Der Sprecher räusperte sich und fuhr dann fort: »Alle Mann sofort in den Versammlungsraum auf Deck drei kommen. Ich habe etwas Wichtiges mit Ihnen zu besprechen.«

Fritz, Lena und Mari blickten einander an. Was hatte das zu bedeuten?

»Das ist vielleicht gar nicht so schlecht für uns«, meinte Lena, »wenn alle Besatzungsmitglieder auf einem anderen Deck sind, kommt uns keiner in die Quere. Los, beeilt euch!«

Sie rannten den Gang entlang bis zu einem Aufzug. Vor Schreck rumpelten sie ineinander, und Fritz blieb fast das Herz stehen, als die Türen sich öffneten und eine Gestalt herauskam. Aber es war zum Glück nur ein Putzroboter. Sie betraten den Aufzug und drückten den Knopf für Deck vier. Keiner von ihnen sprach ein Wort, als der Lift sich mit einem leisen Surren in Bewegung setzte.

Fritz konnte nicht anders, als die ausgeklügelte Technik zu bewundern, mit der Hümmerlein sein Schiff ausgestattet hatte. Es wirkte beinahe wie ein Raumschiff aus einem Science-Fiction-Film.

Auf Deck vier fanden sie sich in einem Flur wieder, der beinahe identisch war mit dem, durch den sie bereits gelaufen waren: weiße Wände, blanke Böden und viele Türen, aber zum Glück keine Wachmänner.

Lena bog links ab und marschierte schnurstracks auf eine Tür zu, die etwas anders aussah. Es war eine Schiebetür, und sie trug die Aufschrift *Labor Prof. Hümmerlein – geheim, kein Zutritt.*

Jetzt hatte auch Fritz die Neugier gepackt, und er wollte wissen, was sich dahinter verbarg. Er riss am Türknauf, aber die Tür war abgeschlossen.

»Man braucht einen Code.« Lena deutete auf das Paneel neben der Tür.

»Verdammter Mist!«, fluchte Mari und blickte sich gehetzt um. Hier auf dem Gang konnten sie jeden Moment entdeckt werden.

»Und was jetzt?«, fragte Fritz nervös.

Doch Lena hatte bereits eine Idee. »Versuch mal Hümmerleins Geburtsdatum.« Sie nannte Mari ein Datum.

Fritz schaute seine Schwester überrascht an. »Du weißt, wann er Geburtstag hat?«

»Ich hab mir neulich den Wikipedia-Eintrag zu *Prof. Dr. Dr. Gregor Hümmerlein* durchgelesen«, erklärte Lena. »Da steht echt alles über sein Leben und Wirken drin. Sogar welche Zahnpasta und welches Haargel er benutzt! Er hat den Eintrag garantiert selbst verfasst.« Sie diktierte Mari das Datum, die es in das Display tippte.

*FEHLER*, leuchtete in roten Buchstaben auf.

»Hmmm, so wie ich ihn einschätze, hat er sich mindestens fünf Jahre jünger gemacht«, überlegte Lena. »Versuch mal eine Acht statt einer Drei.«

Mari warf Lena einen zweifelnden Blick zu, tippte dann jedoch das neue Datum ein. Wieder erschien die Fehlermeldung und darunter der Hinweis *Noch 1 Versuch.*

»Vielleicht sind es auch sieben Jahre?« Lena wirkte selbst nicht mehr ganz überzeugt.

Mari zog eine Augenbraue hoch. »Soll ich wirklich? Das ist doch reines Glücksspiel. Wenn wir den Code jetzt ein drittes Mal falsch eingeben, lösen wir bestimmt einen Alarm aus oder so.«

Lena zuckte mit den Schultern. »Hast du eine bessere Idee?«

»Nein.« Zögernd tippte Mari die Nummern ein.

Fritz' Herz hämmerte bis zum Hals. Er konnte kaum hinsehen.

Doch statt eines Alarms erklang ein Zischen, und die Schiebetür öffnete sich.

# Gefahr im Verzug

»Wow!« Lenas Augen wurden riesengroß, als die drei Freunde Hümmerleins Labor betraten. Von so etwas träumte sie vermutlich insgeheim, wenn sie sich in der heimischen Garage ihren Projekten widmete.

Der Raum reichte über zwei Ebenen. Er war ultramodern eingerichtet und voller technischer Gerätschaften, die auf Hochglanz poliert waren und um die Wette blinkten. An der Rückseite des Raumes führte eine steile Treppe nach unten. Daneben befand sich ein riesiges Aquarium, und Fritz glaubte, einen kleinen Hai darin zu sehen.

Zum Glück war außer ihnen niemand hier. Nicht auszudenken, wenn sie direkt einem von Hümmerleins Wachmännern – oder gar Hümmerlein selbst – in die Arme gelaufen wären! Aber sie schienen tatsächlich alle Hümmerleins Aufruf gefolgt zu sein.

»Und was machen wir jetzt?«, fragte Fritz.

»Wir sehen uns um.« Mari war bereits dabei, die Aktenschränke zu inspizieren. »Wenn ich nur wüsste, was er mit dem Stein vorhat«, murmelte sie.

Lena schaute sich die Maschinen genauer an. »Vielleicht hat er ihn ja in eins von den Dingern gesteckt.«

Fritz ließ den Blick durch den Raum gleiten. In einem Regal standen Hümmerleins gesammelte Werke, und an der Wand über einem Schreibtisch hing ein Porträt des unheimlichen Wissenschaftlers. Überlebensgroß grinste er ihnen entgegen. Fritz verdrehte die Augen. Von so viel Eitelkeit wurde ihm beinahe übel.

Neben dem Porträt hingen einige gerahmte Urkunden: gleich mehrere Doktortitel und ein Professorentitel, die alle von Universitäten mit exotisch klingenden Namen stammten. Vermutlich hatte Klaus recht, und Hümmerlein hatte sich seine tollen Titel nur gekauft.

Fritz ging zu dem Schreibtisch und sah sich die Unterlagen an, die darauf herumlagen. Er fand ein dickes Manuskript mit dem Titel *Ich – Mein Leben und Wirken* von Prof. Dr. Dr. Gregor Hümmerlein. Daneben lag eine horrende Zahnarztrechnung, die auf den Namen Gregor Hümmerlein ausgestellt war, aber davon abgesehen, entdeckte er nichts wirklich Brauchbares.

Dann fiel sein Blick auf das Fach unter dem Schreibtisch. Ein zusammengerollter Bogen Papier lugte daraus hervor. Fritz zog ihn heraus, wobei einige Kärtchen auf den Boden fielen. Er entfernte das Gummiband und entrollte das Papier.

Zuerst war ihm nicht ganz klar, was er da in den Händen hielt. Es schien sich um eine Art Konstruktionsplan zu handeln. Fritz betrachtete die Skizze genauer, und plötzlich erkannte er, was hier aufgezeichnet war: der Entwurf für ein futuristisches U-Boot. Auf dessen Seite prangte der Schriftzug *Almaris-Tours*. Fritz wurde eiskalt, und das lag nicht nur daran, dass er noch immer triefnass war.

»Kommt mal her!«, rief er den beiden anderen zu. Die Mädchen untersuchten gerade einen der Apparate, der aussah wie ein Eierkocher mit Antenne.

Sie ließen von dem komischen Gerät ab und eilten zu Fritz. Zu dritt beugten sie sich über den Plan.

»Was ist das?« Lena studierte die Zeichnung. »Oje.«

Sie schluckte. »Hümmerlein will Almaris zu einer Touristenattraktion machen!«

»Was für eine Frechheit!« Mari hatte eins der Kärtchen vom Boden aufgehoben und zitterte vor Wut. Es war der Andruck für einen Werbeflyer.

*Buchen Sie jetzt Ihren Almaris-Trip,*
*und erhalten Sie zwei Hümmerlein-Hüllen gratis –*
*für perfekte Fotos.*

»Vermutlich will er den Aquamarin nutzen, um den Weg in die Stadt zu finden«, kombinierte Lena. »Deshalb hat er Runa verfolgt und ihr den Stein gestohlen.«

Die drei Freunde starrten einander schockiert an.

Fritz war sprachlos. Er musste wieder an das denken, was Klaus über Hümmerlein gesagt hatte. »Wahrscheinlich wird er demnächst verkünden, dass er Atlantis entdeckt hat.« Nicht Atlantis – sondern Almaris!

Fritz mochte sich gar nicht ausmalen, was passieren würde, wenn bekannt wurde, dass sich vor der Küste Einöds tatsächlich eine Unterwasserstadt verbarg. Es würden noch mehr Touristen nach Einöd kommen, und sie alle würden die verwunschene Unterwasserstadt besuchen wollen. Alamaris – eine *echte* Unterwasserstadt, nicht bloß ein Mythos. Mari, ihr Vater und all die anderen Bewohner waren in großer Gefahr!

»Das werden wir verhindern!«, rief Lena entschlossen. »Ohne den Stein kommt er nicht weit.«

»Dazu müssen wir ihn aber erst mal finden. Oder hast du noch eine Idee, wo er ihn versteckt haben könnte?« Fritz sah seine Schwester an. Ihn verließ allmählich der Mut.

Lena kratzte sich am Kopf. »Nicht wirklich.«

»Was ist denn das da?« Mari deutete auf ein Teleskop, das auf der anderen Seite des Raums stand. Merkwürdig war allerdings, dass es auf die weiße Laborwand gerichtet war.

»Vielleicht interessiert sich Hümmerlein für Astronomie?«, meinte Lena.

Mari trat näher und sah sich das Gerät an. Sie warf einen Blick durch das Fernrohr. »Das gibt's doch nicht!«

»Was?« Fritz war sofort neben ihr.

»Mit dem Ding kann man nach Almaris gucken!« Mari wirkte völlig verdattert.

»Lass mich mal«, bat Fritz.

Mari trat zur Seite, und er blickte durch das Teleskop. Obwohl man eigentlich nur die Laborwand hätte sehen dürfen, zeigte sich im Innern ein ganz anderes Bild. Fritz sah einen kleinen, dicklichen Mann durch einen Seeanemonengarten schwimmen. Er trug einen weißen Schnauzbart, und auf seinem Kopf saß eine schmale goldene Krone.

»Ist das dein Vater?«, fragte Fritz überrascht, ohne sein Auge vom Fernrohr zu nehmen. Der Mann holte ein Päckchen aus seiner Hosentasche und fütterte ein paar Seepferdchen mit etwas, das aussah wie grüne Brotkrumen.

»Ja«, bestätigte Mari.

»Ist ja abgefahren!« Lena drängelte sich vor Fritz. »Ich will auch mal!«

Sie schwenkte das Teleskop ein Stückchen nach links. »Jetzt sehe ich Runa in einer Hängematte. Sie lässt ihre Tentakel herunterbaumeln und mampft Pralinen. Wie hat Hümmerlein das bloß angestellt?«

»Ich wette, der Aquamarin ist dadrin.« Fritz klopfte gegen das Teleskop.

»Und wie kriegen wir ihn da raus, ohne das ganze Ding mitzunehmen?«, fragte Mari.

»Kaputt machen?«, schlug Fritz vor.

»Spinnt ihr? Das Teleskop ist bestimmt megateuer!«, rief Lena empört. »Wobei, das ist ja eigentlich egal ... Aber warte mal, es muss sich irgendwo öffnen lassen.«

Sie untersuchte das Gerät vorsichtig. »Hab ich's mir doch gedacht«, murmelte sie wenig später. »Fritz, hilf mir mal!«

Während Fritz das Rohr festhielt, machte sich Lena daran zu schaffen. »Halt deine Hand hier hin«, befahl sie und drehte an einer Schraube. Aus dem Innern des

Teleskops ertönte zuerst ein Klicken und dann ein Geräusch, als ob etwas herausrollte. Ein kleiner Gegenstand plumpste direkt in Fritz' Handfläche.

Es war ein Edelstein, der ungefähr so groß wie ein Golfball war und die Form eines Wassertropfens hatte. Er fühlte sich angenehm kühl an und leuchtete in einem wunderschönen Türkis, das je nach Lichteinfall grün oder bläulich schimmerte. Er hatte haargenau die gleiche Farbe wie Maris Augen.

»Der Aquamarin!«, rief Mari begeistert, als Fritz ihr den Stein reichte. »Fritz, Lena, ihr seid die Besten!«

Fritz wurde ein bisschen rot vor lauter Stolz, aber es blieb jetzt keine Zeit für Freudenfeste.

»Wir müssen den Stein so schnell wie möglich zurück nach Almaris bringen«, sagte Mari. Sie ließ den Aquamarin in ihren Rucksack gleiten und stopfte Günther kurzerhand in ihre Hosentasche. Ein dumpfes »Gngngnhhh« verriet, dass er davon nicht gerade begeistert war.

»Du hast recht«, stimmte Lena ihr zu. »Wir sollten schleunigst verschwinden. Am besten nehmen wir einfach wieder eines der U-Boote.«

»Gute Idee.« Fritz öffnete die Tür des Labors, als Lena noch einmal stehen blieb und sich umdrehte.

»Was ist los, kommst du?«, rief Fritz seiner Schwester zu.

»Moment noch. Ich will mir das noch ein letztes Mal

anschauen. Dieses Labor ist der helle Wahnsinn. Sieht fast aus wie eine Filmkulisse!«

»Ja, und ihr seid die Hauptdarsteller«, sagte eine ölige Stimme hinter ihnen.

Die drei Kinder erstarrten. Fritz' Herz sackte ihm in die Kniekehlen.

Langsam, ganz langsam drehte er sich um.

In der Tür stand Gregor Hümmerlein, begleitet von zwei schwarz gekleideten Wachmännern. Er grinste sie an, und seine weißen Zähne blitzten.

# Kopf über Wasser

Habt ihr etwa gedacht, ihr marschiert hier einfach rein und nehmt meinen Aquamarin mit?!« Hümmerlein lachte höhnisch. »Ein Schiff wie dieses verfügt natürlich über ein ausgeklügeltes Sicherheitssystem. Ich konnte durch meine Überwachungskameras jeden eurer Schritte verfolgen. Ihr seid auf mein kleines Ablenkungsmanöver mit der Besprechung, die ich einberufen habe, reingefallen, muhahaha! Ich hätte allerdings nicht gedacht, dass ihr den Code knacken würdet. Respekt!«

»Pff! Das war überhaupt nicht schwer«, rief Lena.

»Moment mal, *Ihr* Aquamarin?«, empörte sich Mari. »Den haben Sie unserem Orakel geklaut!«

Hümmerlein hob in gespieltem Erstaunen die Augenbrauen. »Geklaut? So etwas würde ich nie tun. Ich habe ihn gefunden, als er im Meer trieb. Wenn diese olle Qualle nicht auf ihren Kram aufpassen kann, ist sie selbst schuld!«

Fritz blickte ihn finster an. Er sah in Wirklichkeit noch viel unsympathischer aus als auf den Werbeplakaten. Seine flachsblonden Haare waren zurückgegelt und seine Zähne so unnatürlich weiß, dass Fritz sich geradezu geblendet fühlte.

»Aber Sie können Almaris doch nicht einfach zu einer Attraktion machen, nur um sich selbst zu bereichern!«, platzte Fritz heraus.

Hümmerlein zog eine Augenbraue hoch. »Soso? Und wer verbietet es mir?«

Jetzt wurde auch Lena wütend. »Sie haben wohl überhaupt kein Gewissen, Sie … Sie schleimiger Pseudowissenschaftler!«

Das künstliche Grinsen wurde noch breiter. »Ach nein, wie putzig. Diese Almarer sind so was von naiv«, sagte er belustigt. Seine Wachmänner verzogen keine Miene.

Der Forscher klatschte in die Hände. »So, genug geplaudert. Her mit dem Stein!« Er streckte die Hand aus.

»Wenn wir Ihnen den Stein geben, lassen Sie uns dann gehen?«, fragte Lena vorsichtig.

»Aber sicher doch.« Hümmerlein lächelte kalt, und Fritz wusste, dass er log.

Der Wissenschaftler und seine beiden Gorillas kamen näher.

Fritz brach der kalte Schweiß aus. Weglaufen war keine Option, das würden sie niemals schaffen.

»Her mit dem Stein!«, wiederholte Hümmerlein.

»Nur über meine Leiche!«, rief Mari.

»Tja, es geht wohl nicht anders. Ich hab's ja im Guten versucht.« Hümmerlein zuckte mit den Schultern. »Schnappt sie euch!«

Die Männer gehorchten. Mit einem Satz waren sie bei den Kindern, und Fritz spürte, wie sich eine riesige Pranke um seinen Oberarm schloss. Mit der anderen Hand packte der Mann Lena und hob die Zwillinge mühelos hoch. Der zweite Typ hatte sich auf Mari gestürzt, die sich mit Händen und Füßen wehrte. »Aua! Lass mich los, du Penner!«

Aber es half nichts. Die Wachmänner hatten sie fest im Griff und trugen sie davon, direkt auf das Aquarium zu.

»Da rein mit ihnen!«, befahl Hümmerlein.

Und ehe Fritz auch nur irgendwie reagieren konnte,

hatte der Wachmann ihn und seine Schwester auch schon in das Becken geworfen. Mit einem lauten *Platsch!* landeten sie im Wasser. Auch Mari wurde unsanft ins kühle Nass befördert. Das Nächste, was Fritz sah, war eine Abdeckung, die über das Becken gefahren wurde. Sie waren gefangen, und das Wasser stand ihnen buchstäblich bis zum Halse!

Hümmerlein spazierte neben dem Tank eine Stahltreppe hinunter, und erst jetzt erkannte Fritz, wie groß das Aquarium war. Man konnte gar nicht bis zum anderen Ende sehen. Zahlreiche Fische schwammen darin herum.

Fritz interessierte sich zwar schon lange für Meerwasseraquarien, aber er hatte definitiv nicht damit gerechnet, mal selbst in einem zu landen. Glücklicherweise wirkten die O2-Gums noch, das verschaffte ihnen etwas Zeit. Aber wie lange? Wenn die Uhr an der Laborwand richtig ging, blieben ihnen noch ungefähr fünfeinhalb Stunden von den ursprünglichen zwölf. Und was würde dann geschehen?

Hümmerlein baute sich vor dem Aquarium auf und lächelte sein künstliches Zahnpastalächeln. »Willkommen in eurem neuen Zuhause! Wie schön, dass ihr mir freiwillig ins Netz gegangen seid. Ich kann es kaum erwarten, den Touristen drei waschechte Almarer zu präsentieren. Bis dahin könnt ihr ja noch ein paar Kunststückchen einüben.«

Er griff in den Rucksack, den der Wachmann Mari abgenommen hatte, und fischte den Aquamarin heraus.

»Hehehe, da bist du ja wieder, mein Schätzchen. Du wirst mich noch reicher machen, als ich eh schon bin.« Er küsste den Stein und zwinkerte den Gefangenen zu. Dann steckte er ihn in seine Hosentasche.

Mari verzog angewidert das Gesicht, als Hümmerlein wegging und dabei ein fröhliches Liedchen pfiff.

»He, warten Sie!«, rief Fritz ihm nach, aber der Forscher ignorierte ihn einfach.

Alarmiert wandte sich Fritz an Mari. »Er hält Lena und mich auch für Almarer!«

»Hmm, aber das muss ja nicht unbedingt etwas Schlechtes sein«, meinte sie. »Was glaubst du, was er mit euch machen würde, wenn ihm klar wäre, dass ihr Menschen seid?«

Darauf hatte Fritz keine Antwort, und er war sich auch nicht sicher, ob er es wissen wollte.

»So bleibt uns wenigstens noch etwas Zeit, einen Weg hier raus zu finden«, sagte Mari.

Lena schwamm bereits an den Wänden des Tanks entlang, auf der Suche nach einer Öffnung. Niedergeschlagen kehrte sie zu den anderen zurück. »Nichts zu machen.«

»Bis die Wirkung der O2-Gums nachlässt, ist noch ein bisschen Zeit«, sagte Mari, aber es klang nicht sehr hoffnungsvoll.

»Was passiert eigentlich nach den zwölf Stunden?«, wollte Fritz wissen.

Mari warf ihnen einen betretenen Blick zu. »Na ja, ihr … ihr löst euch auf.«

»WAS?«, rief Fritz entgeistert.

Er mochte sich gar nicht vorstellen, wie sich das anfühlen würde. Auf jeden Fall klang es ziemlich beängstigend.

»Ach du Sch…« Lena wurde kreidebleich. »Warum hast du uns das nicht früher gesagt?«

»Ich wollte euch nicht beunruhigen.«

»Können wir nicht einfach neue O2-Gums kauen, um die Zeit zu verlängern?«, wollte Fritz wissen.

»Theoretisch schon.« Mari machte ein zerknirschtes Gesicht. »Die sind allerdings in meinem Rucksack, und den hat Hümmerlein.«

»Oh Mann! Wir sind so blöd!« Fritz klatschte sich gegen die Stirn.

»Wieso?« Lena und Mari sahen ihn fragend an.

»Runas Traum! Der, in dem Mari hinter einer Glasscheibe gefangen war. Es ging in der Prophezeiung gar nicht um Almaris, sondern um Hümmerleins Schiff! Wir sind ihm direkt in die Arme gelaufen … oder geschwommen, wie man's eben nimmt.«

Mari raufte sich die Haare. »Du hast recht. Mein Vater hat die Weissagung völlig falsch gedeutet.«

»Na toll!«, rief Lena. »Und was bringt uns diese Erkenntnis jetzt noch?«

»Hi, was geht?«, fragte plötzlich eine Stimme hinter ihnen.

Die drei Freunde drehten sich um. Es war ein kleiner Hai mit einem Goldzahn, der sie neugierig beäugte. Er sah nicht so aus, als wollte er sie fressen. »Yo, ich bin Kai«, stellte er sich vor.

»Äh … hi«, sagte Fritz. »Ich heiße Fritz, und das sind Lena und Mari. Bei uns … äh, geht im Moment nicht so viel.«

Der Hai nickte. »Hab ich mir gedacht, Bro. Habt ihr Beef mit dem Kerl, oder warum hat der euch hier reingeworfen?«

»Mhm, kann man so sagen«, antwortete Fritz. »Hümmerlein hat den Aquamarin von Almaris geklaut, der Stadt, aus der Mari kommt. Und jetzt will er Touristen dorthin schicken und fett abkassieren.«

Der Hai schüttelte den Kopf. »Der Typ is' echt voll irre. 'n richtiger Gangsta.«

»Hat Hümmerlein dich auch gefangen?«, fragte Fritz.

Kai senkte den Blick. »Yo. Ich war neulich so im Meer am Cruisen und hab 'nen Moment nich' aufgepasst – zack! saß ich in der Falle. Genau wie meine Homies hier.« Er deutete mit seiner Flosse zur Rückwand des Aquariums, wo ein Anglerfisch, ein Kalmar und ein Seelöwe umherpaddelten und ziemlich bedröppelte Gesichter machten. »Das sind Arne, Lukas und Uwe.«

»Hi!« Fritz winkte ihnen zu.

»Hallöchen«, sagte Arne, der Anglerfisch, ohne großen Enthusiasmus. Die anderen beiden nickten den Neuankömmlingen bloß müde zu.

Fritz wandte sich an ihre vier Mitgefangenen. »Wisst ihr, was Hümmerlein mit euch vorhat?«

»Er hat nur immer von seiner *Themenwelt* geredet, die er bauen will. Wir sind offenbar als Dekoration gedacht.« Arne wirkte niedergeschlagen.

»Und es gibt keinen Weg hier raus?«

»Jedenfalls nich' für uns, Bro«, seufzte Kai. »Haben wir schon gecheckt. Da unten is' so 'n Abfluss, aber da passt keiner von uns durch.«

Mari wurde hellhörig. »Was denn für ein Abfluss?«

Kai zeigte mit einer Flosse auf einen kleinen Deckel unten im Aquarium. »Is' wohl für den Wasseraustausch oder so.«

»Wasseraustausch mit dem Meer?«

Kai hob die Flossen. »Muss wohl so sein.«

»Perfekt!« Mari wirkte plötzlich wieder zuversichtlich. »Wir passen da vielleicht nicht durch …«, sie kramte in ihrer Hosentasche, »… aber Günther schon!«

»Äh … wie meinen?«, fragte der Seeigel, der noch ein paar Krümel Algenchips zwischen den Stacheln hängen hatte. Wie er in dieser Situation essen konnte, war Fritz ein Rätsel.

»Na, du schwimmst raus und sagst Olf Bescheid!«

»Ausgerechnet Olf?«, murrte Günther. »Wieso das denn?«

»Er nervt zwar manchmal, aber mein Vater hat ihn aus gutem Grund als Aufpasser für mich ausgesucht. Olf wird wissen, was zu tun ist. Außerdem kannst du dich auf diese Weise auch mal nützlich machen.« Mari stupste den Seeigel an. »Oder traust du dir das etwa nicht zu, hm?«

»Willst du damit sagen, dass ich normalerweise nicht nützlich bin?« Günther klang ein bisschen beleidigt. »Ich bin so was von nützlich! Und das schaffe ich mit links!«

»Na dann.« Mari öffnete den Deckel des Abflussrohrs. »Worauf wartest du noch?«

Günther schüttelte sich. »Ich werde schneller wieder zurück sein, als ihr gucken könnt.«

Und mit einem lauten »Huiiiiii!« verschwand er in der Röhre.

# Olf in gefährlicher Mission

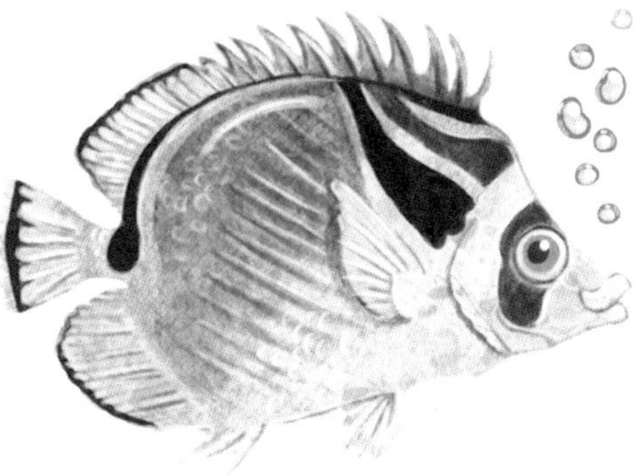

Die Warterei zerrte an ihren Nerven.

Die Zeiger der Uhr liefen unaufhaltsam weiter. Inzwischen war es schon kurz nach halb fünf. Um neun Uhr wollten ihre Eltern sie bei Onkel Klaus abholen. Das würde verdammt knapp werden. Bestimmt machte sich Klaus allmählich Sorgen um Lena und ihn?, überlegte Fritz und seufzte..

Auch Lena wurde zusehends nervöser und schwamm vor der Glasscheibe hin und her. »Wir müssen hier doch irgendwie rauskommen! Gibt's in diesem blöden Aquarium denn gar nichts, womit wir die Schcibe kaputthauen können?«

»Das wäre für uns vier aber nicht so gesund«, gab Uwe

zu bedenken. Der Seelöwe sah aus, als würde er jeden Moment losheulen.

»Nix zu machen, das is' Panzerglas. Alles andere würde dem krassen Wasserdruck nicht standhalten«, sagte Kai. »Aber wie wär's mit 'n paar fetten Beats als Zeitvertreib?« Er gab dem Kalmar ein Zeichen, woraufhin dieser begann, Geräusche wie ein Schlagzeug zu machen. Kai fing an zu rappen, während die beiden anderen den Refrain trällerten.

*»Wenn die Wellen schwellen, schnellen,*
*sich mir entgegenstellen,*
*schwimm ich quer im Meer,*
*das gefällt mir sehr.*
*Hier im Wasser bin ich krasser*
*und viel nasser,*
*yeah!«*

Dabei hüpften alle vier auf und ab. Es war so dermaßen bescheuert, dass Fritz sich unter normalen Umständen bestimmt halb totgelacht hätte. Aber jetzt hatten sie ganz andere Sorgen. Würde Günther es rechtzeitig zurück zu Maris Haus schaffen? Und vor allem, wie sollte es Olf gelingen, sie rechtzeitig hier rauszuholen? Fritz kannte ihn zwar nicht gut, aber er wirkte nicht gerade wie James Bond.

Lenas und Maris Gesichter verrieten, dass sie in Gedanken ebenfalls ganz woanders waren. Nachdem Kai und seine Kumpels ihren Song beendet hatten, applaudierten sie pflichtschuldig.

»Wir sollten uns ein bisschen ausruhen«, sagte Mari dann. »Wenn Günther mit Olf zurückkommt, werden wir unsere Kräfte brauchen.« Sie hatte sich gegen einen der moosbewachsenen Steine gelehnt, die am Boden des Aquariums lagen. Fritz zögerte einen Moment, dann ließ auch er sich darauf nieder. Das Moos war überraschend weich, und es fühlte sich fast so an wie ein kuscheliges Sofa.

Eine Frage brannte Fritz schon seit Längerem auf der Seele. »Du sprichst immer nur von deinem Vater. Was ist denn mit deiner Mutter? Leben deine Eltern getrennt?«

»Kann man so sagen.« Ein Schatten huschte über Maris Gesicht. »Meine Mutter ist vor zwei Jahren einfach abgehauen.«

»Oje, das tut mir leid.« Fritz hatte ein schlechtes Gewissen, weil er sie darauf angesprochen hatte.

»Hast du gar keinen Kontakt mehr zu ihr?«, wollte jetzt Lena wissen, die neben ihnen Platz genommen hatte.

Mari schüttelte betrübt den Kopf. »Sie hat zwar einen Abschiedsbrief hinterlassen, aber keine Adresse, unter der wir sie erreichen konnten. Mein Vater hat lange gebraucht, um sich von dem Schock zu erholen. Es kam total überraschend.« Sie seufzte. »Wir reden kaum über sie. Ich war anfangs stinksauer, aber jetzt wünsche ich mir manchmal, sie wiederzusehen und ihr ein paar Fragen zu stellen. Zum Beispiel, weshalb sie uns verlassen hat. Ich habe immer geglaubt, dass meine Eltern glücklich seien.«

»Hmm«, machte Fritz, weil ihm nichts anderes einfiel.

Lena hatte still zugehört und zeichnete betreten mit einem Stöckchen Formeln in den Sand.

In der anderen Ecke des Aquariums waren Kai und seine Kumpels mit einem Kartenspiel beschäftigt, aber ihre Mienen wirkten angespannt. Vermutlich wollten auch sie keine allzu große Hoffnung in ihre Rettung setzen …

Fritz musste eingedöst sein, denn das Nächste, was er wahrnahm, war, dass jemand wild gegen die Scheibe des Aquariums klopfte.

Einer der schwarz gekleideten Wachmänner stand davor. War er gekommen, um ihnen Essen zu bringen? Fritz spürte, wie sein Magen knurrte. Es war schon ziemlich lange her, dass er etwas gegessen hatte.

Der Wachmann deutete nach oben und verschwand kurz darauf wieder aus.

Fritz rüttelte Lena wach, die neben ihm vor sich hin schnarchte.

»Was ist los?« Lena rieb sich die Augen.

»Ich glaub, es gibt was zu essen.« Fritz schaute nach oben, wo gerade die Abdeckung des Aquariums geöffnet wurde.

»Kriegen wir jetzt Fischfutter, oder wie?«

Durch die Wasseroberfläche konnten sie nur undeutlich den schwarz gekleideten Mann sehen, der sich über das Aquarium beugte.

Doch anstatt etwas Essbarem landete das Ende einer Strickleiter im Wasser. Lena stieß einen überraschten Schrei aus.

Fritz sah Mari an. Als er ihr breites Grinsen bemerkte, begriff er allmählich.

»Olf!«, rief Mari. »Ich glaube, ich war noch nie so froh, dich zu sehen!«

Sie schwammen nach oben und kletterten aus dem Wasser.

»He, ihr wollt abhauen? Und was is' mit uns?«, rief ihnen Arne hinterher. Dic vier Tiere zogen lange Gesichter.

»Keine Sorge, wir helfen euch, hier rauszukommen. Habt noch ein kleines bisschen Geduld«, versprach Mari ihnen.

Oben angekommen, begrüßten sie Olf, der in einer etwas zu kleinen schwarzen Uniform steckte. Auf der Brust war der Name *Schorse* eingestickt.

Er zog seine Mütze vom Kopf und offenbarte seine strähnigen grauen Haare. »Bin sofort los, nachdem dieser Stachelflummi mir erzählt hat, was passiert ist«, brummte er.

Er zog Günther aus seiner Jackentasche und streckte die Hand aus.

Mit einem empörten »Pfff!« hüpfte der Seeigel zurück zu Mari. »Ihr solltet mir dankbar sein.«

»Sind wir auch«, versicherte Mari ihm. »Das hast du echt super gemacht.«

»Wie bist du denn hier reingekommen?«, erkundigte sich Fritz bei Olf.

»Günther hat mir den Weg durch die Schleuse gezeigt. Wir haben den richtigen Moment abgepasst, und dann hab ich einem der Wachleute voll eins übergebraten.« Olf lachte. »Und wo ich schon dabei war, hab ich auch gleich ein paar der Überwachungskameras lahmgelegt. War ein Kinderspiel.«

»Dass du immer so angeben musst.« Mari seufzte. »Ihr müsst wissen, dass Olf früher mal beim Meeres-Geheimdienst war und deshalb von meinem Vater immer für besondere Aufgaben ausgewählt wird. Wie auf mich aufzupassen, zum Beispiel.«

»Ja, das stimmt«, sagte Olf voller Stolz. »Ich war zum Beispiel neulich –«

»Das kannst du später erzählen«, unterbrach Mari ihn. »Wir sollten jetzt wirklich los. Wie ist dein Plan?«

Olf kratzte sich am Kopf. »Äh, welcher Plan denn?«

»Na, wie wir verhindern, dass Hümmerlein Almaris zu einer Attraktion macht und es dann überall nur so wimmelt von neugierigen Touristen.«

»Wir müssen auf jeden Fall zuerst den Aquamarin zurückholen«, sagte Lena. »Ohne den findet Hümmerlein nicht nach Almaris.«

»Aber selbst, wenn es uns gelingt, ihm den Stein abzunehmen, könnte es nicht sein, dass er es trotzdem wieder versucht?«, fragte Fritz. »Mari, du hast doch gesagt, dass seine U-Boote eurer Stadt immer näher kommen.«

Mari verzog das Gesicht. »Vermutlich. Ich kann mir auch nicht vorstellen, dass er einfach aufgibt.«

»Leute, ich hab eine Idee!«, rief Lena plötzlich. »Wenn die funktioniert, können wir sämtliche Fliegen mit einer Klappe schlagen.«

Als Lena ihnen ihren Plan erklärt hatte, nickte Olf anerkennend. »Mhm, das könnte klappen.«

Sie beratschlagten noch eine Weile gemeinsam, bis sie sicher waren, dass ihr Plan wasserdicht war.

Wenn ihnen gelang, was sie sich vorgenommen hatten,

wäre Almaris gerettet und das Problem mit Hümmerlein für immer gelöst. Auch Kai und seine Kumpels würden wieder in Freiheit schwimmen können. Doch wenn es schiefging … das wollte Fritz sich lieber nicht vorstellen.

# Schiffe versenken für Anfänger

Fritz' Knie zitterten, als er und Mari das Labor verließen. Sie hatten beschlossen, sich aufzuteilen. Während Lena und Olf zum Maschinenraum liefen, machten Mari und Fritz sich mit Günther auf die Suche nach dem Forscher. Sie vermuteten ihn auf der Brücke, da das Schiff sich inzwischen in Bewegung gesetzt hatte und Hümmerlein immer wieder schwachsinnige Durchsagen machte, in denen er aus seinen Büchern zitierte.

Auf den Fluren der *Hümmerlein* waren zum Glück nicht viele Menschen unterwegs. Nur einmal mussten sich Fritz und Mari in einer Putzkammer verstecken, weil ihnen zwei Crewmitglieder entgegenkamen. Als die Luft wieder rein war, gingen sie nochmals den Ablauf durch.

»Alles klar?«, fragte Mari.

»Ja. Und du bist sicher, dass er darauf reinfällt?«

»Ziemlich. Falls nicht, gibt es ja noch immer Plan B.«

Vorsichtig lugten sie um die Ecke, bevor sie den Weg zur Brücke einschlugen. Als sie die Tür öffneten, pochte Fritz das Herz bis zum Hals. Jetzt durften sie keinen Fehler begehen.

Sie schlichen in den Raum und duckten sich unter einen Tisch mit Instrumenten. Von dort aus konnten sie Hümmerlein gut sehen. Er stand vor einer Reihe Monitore und beratschlagte sich gerade mit seinem Ersten Offizier.

»Wir fahren jetzt zurück zum Hafen«, hörten sie Hümmerlein sagen. »Ich habe alles, was ich brauche. Aber sagen Sie Schorse Bescheid, dass der sich mal die Überwachungskameras auf Deck vier und fünf anschaut. Die sind ausgefallen.«

»Aye, aye, Captain«, sagte der Erste Offizier. »Kann ich noch irgendetwas tun?«

»Ja, Sie können mir einen Tee kochen.«

»Aber …« Der Erste Offizier sah kurz aus, als wolle er protestieren, verstummte aber, als Hümmerlein ihm einfach den Rücken zukehrte. »Wird gemacht, Captain«, sagte er kleinlaut und verschwand.

Fritz und Mari wechselten einen Blick. »Was für ein eingebildeter Schnösel«, zischte Mari.

Sie warteten ab, bis sie sicher waren, dass Hümmerlein

allein auf der Brücke war. Dann krochen sie aus ihrem Versteck hervor und schlichen sich an den Wissenschaftler heran.

Mari tippte ihm auf die Schulter. »Entschuldigen Sie, Captain?«

Hümmerlein fuhr herum, und seine Augen weiteten sich. »Ihr … aber … wie seid ihr rausgekommen? Ich rufe meine Wache!«

Hümmerlein hatte schon einen Finger auf dem Alarmknopf, da setzte Mari ihr schönstes Lächeln auf. »Wir möchten Ihnen ein Angebot machen.«

Hümmerlein hob misstrauisch eine Augenbraue. »Ach ja?«

Mari nickte. »Wir sind nämlich große Fans von Ihnen und haben *Hümmerleins Kosmos 1 – 10* von vorne bis hinten gelesen. Ich könnte Ihnen noch ein paar Geheimnisse über den Aquamarin von Almaris verraten. Er kann noch viel mehr, als den Weg nach Almaris zu weisen.«

»Was denn zum Beispiel?« Hümmerlein klang jetzt interessiert.

»Mit dem Stein kann man einen Meeresdrachen beschwören. Das wäre doch ein niedliches Haustier für Sie und würde sich auch gut als Attraktion in Ihrem Park machen. Viel besser als so langweilige Tiere wie Haie und Seelöwen. Damit werden Sie garantiert weltberühmt.«

Hümmerlein kratzte sich am Kinn. »Das bin ich doch schon. Aber ein bisschen zusätzliche Werbung kann sicher nicht schaden. Und wie soll das funktionieren?«

Fritz biss vor lauter Anspannung die Zähne zusammen. Es sah ganz so aus, als würde Hümmerlein ihre Geschichte schlucken.

»Geben Sie mir den Aquamarin, dann zeige ich es Ihnen.«

Hümmerlein zögerte, dann griff er in seine Tasche und zog den Stein heraus. Weltruhm klang offenbar zu verlockend für jemanden, der so eitel war wie er.

Mari streckte die Hand nach dem Aquamarin aus, den Hümmerlein ihr entgegenhielt. Ihre Finger berührten schon fast den Edelstein – doch im letzten Moment zog Hümmerlein seine Hand zurück.

»Ihr wollt mich wohl verhohnepiepeln! Für wie blöd haltet ihr mich eigentlich?«

So ein Mist! Er hatte den Braten wohl gerochen.

Mari unternahm noch einen Versuch. »Aber es ist wahr. Ich kann es beweisen. Lassen Sie mich doch nur ganz kurz –«

»Pah! Ich glaube euch kein Wort! Ich bin immerhin Professor, und ihr seid bloß zwei dumme Kinder.«

Jetzt wurde Fritz wütend. »Ihre Titel sind doch genauso falsch wie Ihre Zähne, Sie Betrüger! Und Ihre blöde Handyhülle ist totaler Schrott!«

»Auch noch frech werden, was? Dir werde ich Manieren beibringen, du Rotzlöffel!«

Mari und Fritz sahen einander an. »Dann wird es jetzt wohl Zeit für Plan B«, wisperte Mari.

»Alles klar!«, flüsterte Günther, der in ihrer Tasche hockte.

Hümmerlein griff hinter sich, und plötzlich hielt er in seiner anderen Hand eine Pistole!

Fritz zuckte zusammen und nahm Maris Hand.

Ihr Gegenüber grinste fies. »Damit habt ihr wohl nicht gerechnet, wie?«

Fritz schluckte. »S… Sie wollen uns erschießen?«

Hümmerlein lachte verächtlich. »Ich würde es vorziehen, das nicht zu tun. Es kommt ganz darauf an, wie ihr euch verhaltet.« Er machte eine Bewegung mit der Waffe. »Zurück ins Aquarium mit euch, aber ein bisschen plötzlich!« Er drängte sie in Richtung Tür.

Fritz warf Mari einen fragenden Blick zu, doch ihre Miene war undurchdringlich. Zögernd ging er rückwärts.

Als sie schon fast am Ausgang waren, hielt Hümmerlein inne und zog die Stirn kraus. »Moment mal … wart ihr nicht zu dritt? Wo ist denn das andere Mädchen geblieben?«

Mari grinste ihm ins Gesicht. »Tja, unsere Freundin Lena ist gerade dabei, ihr schönes Schiff zu versenken!«

Hümmerlein wurde kreidebleich. »WAS? Das kann nicht sein. Du lügst doch!«

Im selben Moment ertönte ein ohrenbetäubender Alarm, und Hümmerlein drehte sich zu den Monitoren um.

»Jetzt, Günther!«, zischte Mari, griff blitzschnell in ihre Tasche und warf den Seeigel auf Hümmerlein.

»Attacke!«, quietschte Günther, als er durch die Luft flog.

Er erwischte den Professor am Hals, wo er sich mit seinen Stacheln festzwickte.

»Aaaaah!« Hümmerlein schrie vor Schmerz auf und taumelte nach hinten gegen einen Garderobenständer. Dieser kippte um, Hümmerlein stolperte darüber und schlug der Länge nach hin. Dabei fiel ihm der Edelstein aus der Hand und kullerte Mari direkt vor die Füße.

Sie hob ihn auf und steckte ihn ein. Dann lief sie zu Hümmerlein, der sich mit verzerrtem Gesicht auf dem Boden wand, und pflückte Günther von dessen Haut. »Gut gemacht, Günther!«, lobte sie.

»Hehe, ich hab ihm ’ne ordentliche Ladung verpasst«, kicherte der Seeigel.

Fritz rannte indes zurück zu den Steuerelementen. Er hatte dort eine Lautsprecheranlage gesehen. Er drückte den Knopf und sprach in das Mikrofon.

»Achtung, Achtung, dieses Schiff wird jeden Moment sinken!« Fritz hoffte, dass man ihn trotz des schrillen Alarms verstehen konnte. »Begeben Sie sich auf schnellstem Wege zu den Rettungsbooten auf Deck fünf!«

»Das gilt auch für Sie, Sie alter Schmierlappen!« Mari stieß Hümmerlein, der gerade dabei war, sich aufzurappeln, mit dem Fuß an.

Er rieb sich seinen Hals, wo sich nun kleine rote Pusteln bildeten. »Hä? Was is' los?«, fragte er verwirrt.

»Das Schiff sinkt! Nehmen Sie ein Rettungsboot!«

Hümmerlein grinste sie debil an und schielte dabei. »Was denn für 'n Schiff? Hihi, du siehst ja lustig aus, warum hast du vier Augen?«

Vielleicht hatte Günther es mit seinem Gift doch ein wenig übertrieben. Sie hatten doch bloß das Schiff zerstören wollen, aber Menschen sollten dabei nicht zu Schaden kommen. Gerade als Fritz überlegte, wie sie Hümmerlein dazu bringen konnten, sich in ein Rettungsboot zu setzen, kam der Erste Offizier auf die Brücke gestürmt. Er warf Fritz und Mari einen irritierten Blick zu. »Seid ihr etwa die Eindringlinge?« Er machte einen Schritt nach vorn und stolperte dabei über Hümmerlein, der immer noch am Boden lag. »Herr Professor, was machen Sie noch hier? Wir müssen alle das Schiff verlassen. Los, kommen Sie!«

Er half seinem Chef hoch und zerrte ihn in Richtung

der Rettungsboote, während der falsche Wissenschaftler das alles furchtbar komisch fand.

Mari stieß Fritz an. »Okay, lass uns abhauen!«

Sie verließen, so schnell sie konnten, die Brücke und rannten den Weg zurück, den sie gekommen waren. Weil der Aufzug gesperrt war, mussten sie die Treppe nehmen. Dort kamen ihnen ein paar hektische Crewmitglieder entgegen, aber niemand beachtete sie oder schien sich zu wundern, dass sie in die andere Richtung liefen. Statt der grellen Neonröhren tauchte nun eine flackernde Notbeleuchtung die Flure in gespenstisches Licht. Dazu gellte immer noch der Alarm, der ihnen durch Mark und Bein ging.

Fritz erstarrte, als ihnen zwei Wachmänner begegneten, doch auch die stürmten auf schnellstem Weg zu den Rettungsbooten.

So erreichten sie unbehelligt den Maschinenraum und trafen dort auf Lena, die bereits vor einem der U-Boote wartete.

»Da seid ihr ja endlich!«, rief Fritz' Zwillingsschwester. »Wir haben schon befürchtet, dass was schiefgegangen ist. Alles okay bei euch?«

»Alles in Ordnung«, japste Fritz.

»Dann kommt, wir sind startklar!«

Das ließen sich Fritz und Mari nicht zweimal sagen. Sie kletterten in das U-Boot, wo Olf bereits vor der Steuereinheit saß. Auch er war sichtlich erleichtert, sie zu sehen.

»Habt ihr den Stein?«, rief er und blickte über seine Schulter.

Mari nickte. »Haben wir.«

»Na, dann nichts wie weg, bevor der Kahn hier absäuft!«

Erst jetzt bemerkte Fritz, dass der Maschinenraum bereits geflutet worden war und das U-Boot halb im Wasser lag. Lena und Olf hatten beide Schleusentore ein Stück geöffnet und mit Metallstangen blockiert.

Olf startete das U-Boot, und sie tauchten ab, durch die geöffnete Schleuse nach draußen.

»Wir haben's geschafft!«, jubelte Mari. »Wir sind echt ein tolles Team. Danke, Fritz und Lena! Ohne euch hätten wir das nie hinbekommen.«

Olf sah kurz aus, als wollte er widersprechen, aber dann konzentrierte er sich lieber auf die Steuerung des U-Boots.

Unter Wasser konnten sie sehen, dass die *Hümmerlein* Schlagseite bekommen hatte. Der Kiel hing bereits tief im Wasser, und es würde nicht mehr lange dauern, bis sämtliche Decks geflutet waren.

Fritz entdeckte über ihnen einige der Rettungsboote, die sich von dem Forschungsschiff entfernten. Offenbar hatte die Crew das Schiff noch rechtzeitig verlassen können.

»Was passiert jetzt?«, wollte Lena wissen.

»Na, wir bringen den Aquamarin zurück nach Almaris«, erklärte Mari. »Ich kann es kaum erwarten, euch meinem Vater vorzustellen.«

Fritz hatte eigentlich für diesen Tag genug Abenteuer erlebt, aber er beschwerte sich nicht. Es freute ihn, dass er nun doch Gelegenheit haben würde, den königlichen Palast anzuschauen.

Das U-Boot fuhr unter der *Hümmerlein* durch und begann dann, tiefer zu tauchen. Als Fritz einen letzten Blick auf das sinkende Schiff warf, sah er vier unterschiedlich geformte Schatten, die durch die geöffnete Schleuse aus dem Bauch des Schiffes schwammen. Kai und seine Kumpels!

»Yo, danke euch Leute!«, rief Kai. »Endlich wieder freshes Wasser. Ihr seid echte Ehrenmänner … und -frauen!«

»Gern geschehen!« Die Freunde winkten ihnen zu.

Dann legte Olf einen Hebel um, und das U-Boot tauchte in schwindelerregendem Tempo immer tiefer. Kein Vergleich zur *Berta*, die wohl für immer auf dem Grund des Meeres schlummerte.

»Was passiert jetzt eigentlich mit Hümmerlein?«, fragte Lena, nachdem sie sich gegenseitig von ihren Erlebnissen berichtet hatten.

»Der lässt Almaris bestimmt erst mal in Ruhe«, sagte

Mari. »Ohne sein Schiff und seine Pläne kann er nicht viel ausrichten. Außerdem ist Seeigel-Gift hochwirksam.« Sie lachte und streichelte Günther, der auf ihrer Hand saß und zufrieden ein paar der Algenchips mümmelte, die Olf mitgebracht hatte. »Günther hat's ihm echt gegeben. Der Typ kann froh sein, wenn er sich noch an seinen eigenen Namen erinnert.«

# Mit allen Wassern gewaschen

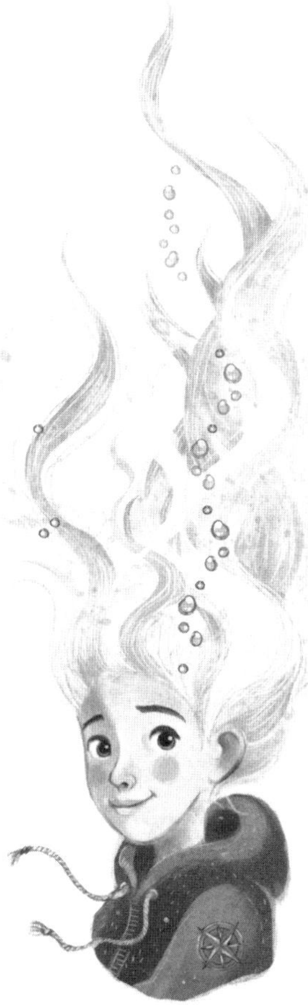

Obwohl sie diesmal nicht den Aqua-Transportator benutzten, kam Fritz der Weg nach Almaris erstaunlich kurz vor. Das lag vielleicht auch daran, dass er hundemüde war und zwischendurch immer wieder wegdämmerte. Lena schien es genauso zu gehen.

Als sie sich der Stadt näherten, rüttelte Mari die Geschwister wach und deutete aus dem Bullauge.

Aus der Entfernung wirkte Almaris wie eine bunte Spielzeuglandschaft. Die kuppelförmigen Gebäude schillerten in allen Farben des Regenbogens, und die vielen unterschiedlichen Bewohner wirkten von Weitem wie emsige Insekten. Fritz erkannte auch die Bibliothek mit ihrem Schneckenhaus wieder. Obwohl seit ihrem letzten Besuch nur einige Stunden vergangen waren, hatte er das Gefühl, dass ihre Begegnung mit Runa und die Recherche in der Bibliothek eine halbe Ewigkeit zurücklagen.

Das U-Boot hielt direkt auf das größte Gebäude zu. Der Palast lag inmitten eines riesigen Gartens, in dem farbenprächtige Seeanemonen und Korallen wuchsen.

Vor dem Tor des Palastes brachte Olf das Gefährt zum Stehen, und sie schwammen hinaus. Sofort schossen einige grimmig aussehende Wachen auf sie zu.

»Was wollt ihr hier, Fremde?«, fragte der eine, dessen linke Gesichtshälfte komplett tätowiert war. Er deutete mit etwas, das aussah wie eine Harpune, auf Fritz und Lena. »Habt ihr überhaupt eine Parkgenehmigung?«

»Das ist schon okay.« Mari strich sich eine blonde Strähne aus dem Gesicht. »Das sind meine Freunde Lena und Fritz.«

Der Wachmann wirkte sichtlich erschrocken. »Entschuldigt bitte, Eure Hoheit. Ich … äh, habe Euch nicht gleich erkannt.«

»Kein Problem.« Mari grinste. »Könnt ihr uns bitte zu meinem Vater bringen? Wir haben etwas Wichtiges zu besprechen.«

Die Wachen eskortierten sie zum Thronsaal des Königs von Almaris. Der Raum sah ganz anders aus, als Fritz ihn sich vorgestellt hatte. Er wirkte mehr wie ein luxuriöses Wohnzimmer. Schlingpflanzen wucherten aus allen Ecken und verliehen ihm ein exotisches Ambiente. Obwohl er Maris Vater bereits durch Hümmerleins Teleskop gesehen hatte, war Fritz überrascht, wie klein er war. Er sah ein bisschen aus wie Super Mario mit weißen Haaren und hatte ein verschmitztes Lächeln. Er hatte es sich im Thronsessel gemütlich gemacht. Seine Krone saß ein wenig schief auf seinem Kopf, und neben ihm lag eine leere Tüte Chips. In der Hand hielt er etwas, das überraschende Ähnlichkeit mit dem Controller einer Spielkonsole hatte, und über einen Bildschirm vor ihm huschte ein Männchen, das mit einer Harpune auf Seeschlangen schoss und gelbe Seesterne einsammelte.

»Ach verdammt! Schon wieder Game over!«, fluchte er, als eins der Monster seine Spielfigur mit einem knuspernden Geräusch verschlang.

»Hi, Paps«, sagte Mari.

Der König schaltete den Bildschirm schnell aus.

»Mari! Runa hat mir schon prophezeit, dass du auf dem Weg nach Almaris bist. Ich habe mir nur etwas die, äh … Zeit vertrieben.« Er hievte seinen rundlichen Körper vom Thron, schwamm auf seine Tochter zu und schloss sie in die Arme. »Was machst du denn für Sachen, mein Schatz? Ich bin es ja gewohnt, dass du nicht auf deinen alten Vater hörst. Dass du Günther mitgenommen hast, habe ich schon gemerkt.« Er hob eine Augenbraue. »Aber du weißt doch, du bist hier in Almaris nicht sicher.«

»Jetzt schon«, widersprach Mari. »Und Runas Prophezeiung, dass ich in Gefahr gerate, bezog sich übrigens gar nicht auf Almaris … jedenfalls nicht so, wie wir dachten.«

Der König sah sie fragend an.

»Wir haben dir was mitgebracht.« Mari kramte in ihrer Hosentasche und reichte ihm den Aquamarin.

»Wo habt ihr den denn gefunden?«, rief ihr Vater überrascht.

»Tja, das ist eine längere Geschichte.« Mari blickte zu Lena und Fritz.

Jetzt erst entdeckte der König die Geschwister. »Ihr zwei seid aber nicht von hier, oder? Ich glaube nicht, dass ich euch schon mal gesehen habe.«

»Nein, wir kommen aus Einöd am Meer. Wir … äh, wir sind außerordentlich erfreut, Eure Bekanntschaft zu machen, äh … Eure Hoheit«, sagte Fritz, der das Gefühl hatte, besonderen Respekt ausdrücken zu müssen. Er war immerhin noch nie einem echten König begegnet.

Maris Vater lachte. »Du brauchst nicht so geschwollen zu reden, Junge.« Er schüttelte Fritz und Lena zur Begrüßung die Hand. »Ihr könnt mich ruhig Wunibald nennen. Ihr seid also Freunde meiner Tochter aus der Welt über dem Meer?«

Fritz und Lena stellten sich vor. Dann begannen die drei Kinder, König Wunibald ihre Geschichte zu erzählen. Er hörte aufmerksam zu und unterbrach sie nur ab und zu, um Fragen zu stellen.

Als sie fertig waren, legte er die Stirn in Falten und zwirbelte seinen Schnauzbart. »Ich hätte mir eigentlich denken müssen, dass dieser Hümmerlein etwas damit zu tun hat«, sagte er. »Ich habe den Kerl wohl unterschätzt. Umso besser, dass es euch gelungen ist, ihn zu überlisten und unschädlich zu machen. Ich lasse ihn wohl besser noch eine Zeit lang beobachten, um ganz sicherzugehen, dass er uns nicht mehr gefährlich werden kann.«

»Ich störe ja nur ungern«, sagte da eine kratzige Stimme aus Maris Hosentasche. »Aber ich hab echt mächtig Kohldampf!«

Wunibald schmunzelte. »Na, dann wollen wir Fritz und Lena mal etwas zu essen anbieten.« Mit einem Blick auf den Seeigel ergänzte er: »Und Günther natürlich.«

Kurze Zeit später fanden sie sich im Speisesaal des Palastes wieder und nahmen an einer langen Tafel Platz. Eine Oktopusfrau servierte verschiedenste Gerichte, die ebenso fremdartig wie lecker waren: kleine runde Knollen, die entfernt wie Kartoffeln aussahen und auch so schmeckten, seltsame Stängel, die Ähnlichkeit mit Lauchzwiebeln hatten, deren Aroma aber an Käse erinnerte, und natürlich frittierte Seetangkugeln. Günther machte sich genüsslich über die beiden Algendöner her, die Mari ihm versprochen hatte, und als Nachspeise gab es grüne Grütze, die aussah wie Wackelpudding und nach köstlichem Schokoladeneis schmeckte. Fritz konnte gar nicht genug davon bekommen und aß so viel, bis er das Gefühl hatte zu platzen. Es war ein richtiges Festmahl, an das er sich bestimmt noch lange erinnern würde.

»Tja … jetzt ist es wohl an der Zeit, Abschied zu nehmen«, sagte der König nach dem Essen und wischte sich ein paar Krümel aus seinem Schnauzbart.

Fritz verspürte einen schmerzhaften Stich. Er hatte den Gedanken die ganze Zeit über verdrängt, aber tief in seinem Innern hatte er bereits gewusst, dass sie Mari schon bald Lebewohl würden sagen müssen. Ein Blick zu Lena verriet ihm, dass es seiner Schwester ebenso schwerfiel wie ihm. Mari war ihnen in den letzten zwei Tagen so sehr ans Herz gewachsen, dass sie das Gefühl hatten, schon eine Ewigkeit mit ihr befreundet zu sein. Aber auch Günther und Olf würden ihnen fehlen.

»Bevor ihr Almaris verlasst, habe ich noch etwas für euch«, fuhr Wunibald fort. Er gab einem seiner Bediensteten ein Handzeichen, woraufhin ihm dieser ein kleines Kästchen brachte. »Lena und Fritz, ihr beide seid ohne Zweifel mit allen Wassern gewaschen«, sagte er feierlich. »Als Dankeschön für eure Hilfe«, er überreichte Fritz das Kästchen, »ernenne ich euch beide zu Ehrenbürgern der Stadt Almaris.«

Fritz war sprachlos. Ehrenbürger einer geheimen Unterwasserstadt zu sein klang wirklich nach einer großen Auszeichnung. Er strich ehrfürchtig über das glatte Material des Kästchens. Was sich wohl darin befand?

»Du kannst es ruhig öffnen, Fritz«, forderte Wunibald ihn auf.

Vorsichtig klappte Fritz den Deckel hoch. Auf purpurnen Samt gebettet lag eine wunderschöne schillernde Muschel.

»Mit dieser Muschel könnt ihr uns kontaktieren«, erklärte der König. »Ihr müsst einfach nur hineinsprechen. Mari wird sich bestimmt freuen, von euch zu hören.«

Fritz hatte einen dicken Kloß im Hals. Mari nickte, und er sah ihr an, dass auch sie traurig war.

Olf würde sie mit dem U-Boot wieder nach Einöd bringen. Mari drückte Lena noch eine Tüte O2-Gums in die Hand. »Macht's gut, ihr beiden«, sagte sie leise, als sie Fritz und Lena umarmte. »Ich hoffe, wir sehen uns irgendwann mal wieder.«

Dann war es auch schon Zeit zum Aufbrechen. Olf startete den Motor, und das U-Boot fuhr los.

»Das war echt das abgefahrenste Wochenende meines Lebens«, sagte Lena, als sie den Palast hinter sich ließen.

Fritz nickte nur stumm.

Durch das Bullauge winkten sie Mari, Wunibald und Günther zu, bis Almaris hinter ihnen winzig klein und schließlich nicht mehr zu sehen war.

# Epilog

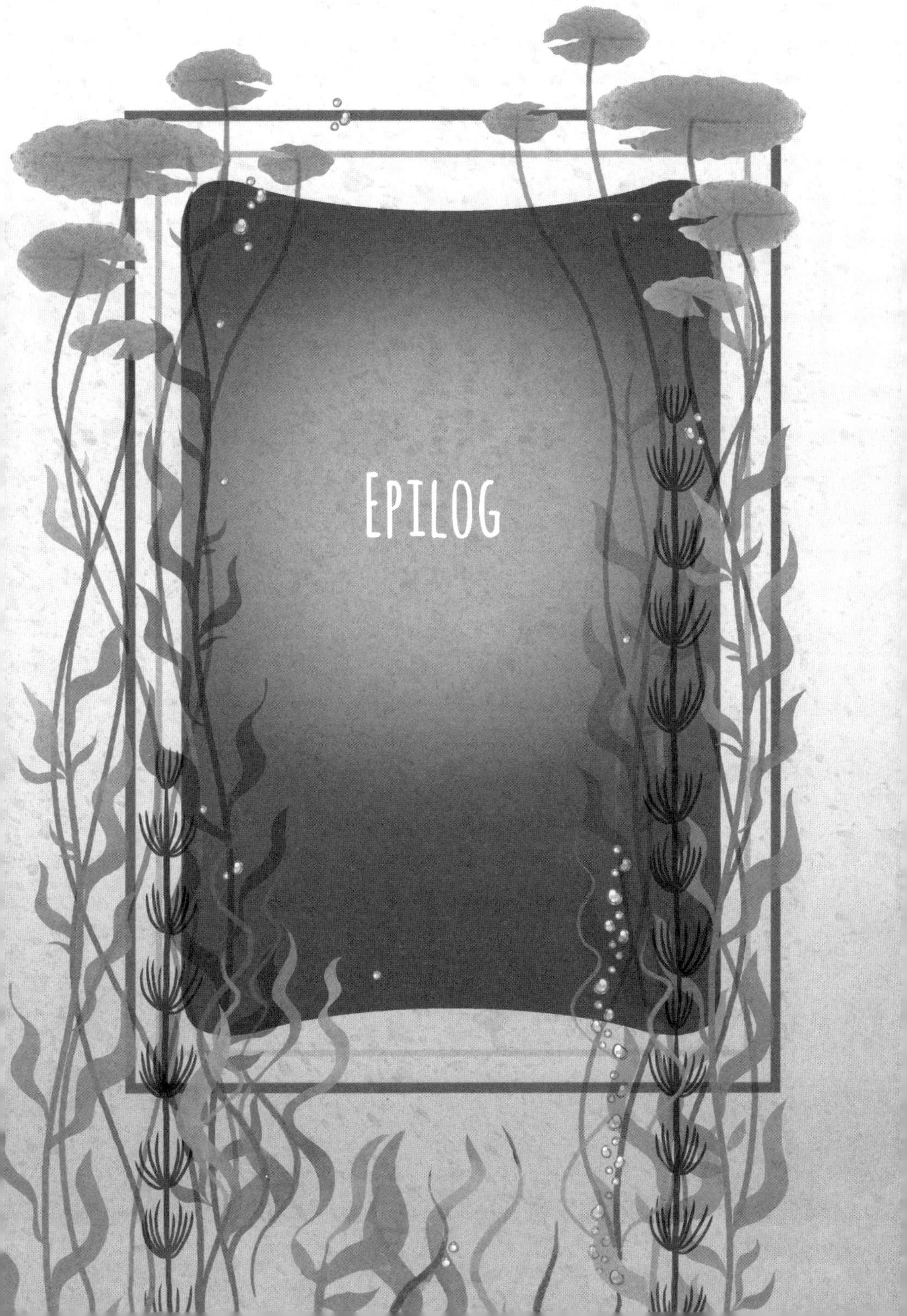

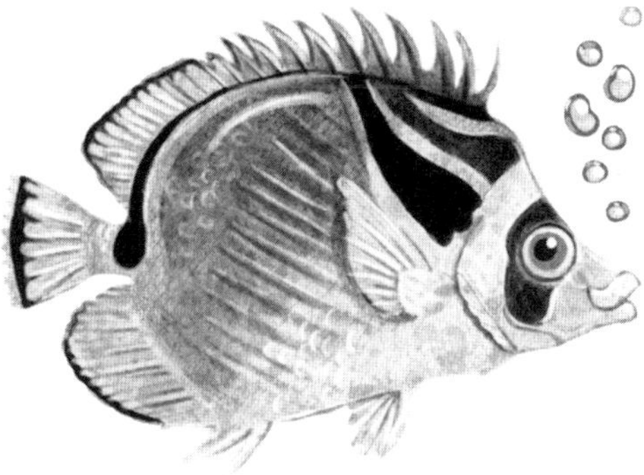

Fritz starrte auf den leeren Platz neben sich und dachte an die vergangenen Tage. Fast kam es ihm so vor, als hätte er alles nur geträumt.

Nachdem er ihnen frische Kleidung gegeben hatte, hatte Olf Fritz und Lena wieder bei ihrem Onkel abgeliefert. Sie waren sogar nur fünf Minuten später dran gewesen, als sie mit Klaus ausgemacht hatten.

Klaus, der sich noch immer nicht an den Unfall erinnerte, wunderte sich am nächsten Morgen, warum Unbekannte einfach sein U-Boot gestohlen und ihm an dessen Stelle ein neues gebracht hatten. Aber sosehr er seine *Berta* vermisste, musste er zugeben, dass das neue U-Boot ihr technisch haushoch überlegen war. Er taufte es auf den Namen *Berta zwei* und versprach Fritz und Lena, sie bei ihrem nächsten Besuch auf eine Expedition mitzunehmen. Die Zwillinge lächelten einander verschwörerisch zu. Sie hatten schon eine Vorstellung davon, wohin sie gerne mit dem U-Boot fahren wollten.

Lena schraubte in jeder freien Minute an ihrem Tauchroboter, der zur Abwechslung ein Erfolg zu werden schien.

Die Muschel hatte einen Ehrenplatz in Fritz' Aquarium bekommen, auch wenn er noch nicht herausgefunden hatte, wie man damit nach Almaris telefonieren konnte. Fritz und Lena hatten aus einer Schale und einem Schlauch einen Whirlpool für Hildegard gebastelt, worüber sich die Schildkröte sichtlich freute. Sie hatte seitdem leider nicht wieder mit ihm gesprochen, aber Fritz gab die Hoffnung nicht auf.

In Einöd am Meer verbreitete sich indes die Nachricht, dass die *Hümmerlein* gesunken war, wie ein Lauffeuer. Sogar ein überregionaler Fernsehsender berichtete darüber. Hümmerlein und seine Besatzung hatten sich retten können, aber in dem Interview gab Hümmerlein keine gute Figur ab. Er redete wirres Zeug von wild gewordenen Seeigeln und bösen Meeresdrachen, die ihn fressen wollten, und konnte sich nicht einmal mehr daran erinnern, dass er Wissenschaftler und Autor mehrerer Bücher war. Herr Hasenknopf, der Bürgermeister, fand das

Interview derart peinlich und »schädlich für das Image von Einöd am Meer«, dass er Hümmerlein verbot, jemals wieder Vorträge zu halten. Wäre der Forscher nicht ein solcher Kotzbrocken gewesen, hätte Fritz beinahe Mitleid mit ihm gehabt. Die Hümmerlein-Handyhüllen verkauften sich seitdem gar nicht mehr, und Fritz' und Lenas Vater nahm sie nach mehreren Auseinandersetzungen mit erbosten Kunden aus seinem Sortiment.

In der Schule ging dagegen wieder alles seinen gewohnten Gang. Das galt leider auch für die Mathestunden, die so dröge und langweilig waren wie eh und je. Nachdem Herr Kottel Fritz ohne Hausaufgaben erwischt hatte, hatte er ihn zum Vorrechnen an die Tafel geholt, wo Fritz sich gründlich blamiert hatte.

»Die Zwei plus in der letzten Klassenarbeit war wohl nur ein Ausrutscher«, kommentierte der Lehrer schadenfroh, als Fritz sich niedergeschlagen wieder hinsetzte. Lena warf ihrem Bruder einen mitleidigen Blick zu. Als Herr Kottel sich umdrehte, landete ein zusammengeknüllter Zettel vor Fritz. *Nach der Schule lade ich dich auf ein Eis ein* hatte Lena darauf gekritzelt. Fritz zwang sich zu einem Lächeln, obwohl er sich über die nette Geste seiner Schwester kaum freuen konnte. Er fragte sich, wie er die Mathestunden bloß ohne Maris freche Sprüche überstehen sollte …

In diesem Moment klopfte es an der Tür.

»Herein!«, rief Herr Kottel unwirsch.

Ein Mädchen steckte den Kopf zur Tür herein. »Tut mir echt leid, dass ich zu spät bin, Herr Köttel. Es kommt bestimmt nicht wieder vor.« Sie strich sich eine weißblonde Strähne aus dem Gesicht und ging lächelnd auf den Platz neben Fritz zu.

Natürlich magellan©

FSC
www.fsc.org
MIX
Papier aus verantwortungsvollen Quellen
FSC® C083411

Wir pflanzen Bäume
Für unsere Umwelt
www.magellanverlag.de

FAIR PRODUZIERT
www.magellanverlag.de

**Hergestellt in Deutschland**
**Gedruckt auf FSC®-Papier**
**Lösungsmittelfreier Klebstoff**
**Drucklack auf Wasserbasis**

1. Auflage 2020

Umschlaggestaltung: Christian Keller
unter Verwendung des Designs von Nina Dulleck
Druck: CPI, Leck
ISBN 978-3-7348-4158-3

*www.magellanverlag.de*